AF190802

Johan Jonsson

Västervikspsykopaten
Fortsättningen på Efter skymningen

Förlag: BoD – Books on Demand, Stockholm, Sverige
Tryck: BoD – Books on Demand, Norderstedt, Tyskland
ISBN: 978-91-7699-376-7

Kapitel 1

Det är den sjätte oktober 2016. Klockan är strax efter halv åtta på kvällen. Den kvinnliga ambulanssjukvårdaren Susanne ser oroligt på tjejen som ligger på britsen i ambulansen. Det är blod överallt. På dörrhandtagen, på kläderna och på händerna. Till och med på syrgasmasken som täcker Mias ansikte. Susanne är förbryllad. Trots alla de knivhugg som Mia fick ta emot av den så kallade Västervikspsykopaten, Ulf Strandmyr, så lever hon. Ulf Strandmyr är den man som för några månader sedan var Maria "Mia" Lennersjös pojkvän och som tog med henne på en mysig utflykt till ön Måsskär i Västerviks skärgård. Men väl där började Mia ana oråd och då bröt helvetet lös. Ulf blev som förbytt och försökte mörda Mia redan då, men blev stoppad av Mias tvillingbror Robin och hans bäste vän Lars "Lalla" Larsson.

Bara tills för en liten stund sedan levde Mia i tro om att den sjuka man hon en gång var tillsammans med satt i tryggt förvar uppe på Kumlaanstalten. Hon hade fel, vilket hon blev brutalt varse om när Ulf Strandmyr sparkade in toalettdörren inne på gymnasiet och knivhögg henne tiotalet gånger på hela överkroppen. Hon borde definitivt ha varit död, med tanke på hur hennes sargade kropp såg ut när hennes kamrater fann henne inne på skolans toalett, men av någon outgrundlig anledning så ville ödet annorlunda. Susannes kollega Hans lättar på manschetten till blodtrycksmaskinen.

– Trycket är bara 70/40 nu bara och det verkar fortsätta sjunka! Det här kan gå hur som helst, förbered hjärt- och lungräddning, säger han sammanbitet medan han förbereder en spruta med adrenalin. Den annars så lugna Hans panna börjar pärla sig av svett. Efter femton års erfarenhet som ambulanssjukvårdare är det här bland det värsta han har varit med om. Både han och hans kollega Susanne tvivlar på om de kommer att hinna in till sjukhuset i Västervik innan Mia mister livet. Mia rör sig med okontrollerade rörelser. Det rinner blod ur munnen och på flera ställen från bålen. Det skumpar kraftigt i ambulansen som kör i ilfart mot sjukhuset. De flesta av de tryckförband som de båda ambulanssjukvårdarna har satt på Mia har blött igenom och Susanne ser med fasa hur de blir alltmer rödfärgade av blod.

Under tiden anländer tre polisbilar till gymnasieskolan i Västervik där Mia hittades bara för tjugo minuter sedan. De söker intensivt efter Ulf Strandmyr överallt i gymnasiets alla skrymslen och vrår, men de söker förgäves. Chockade elever står och gråter utanför skolbyggnaden. En av eleverna stärker teorin om att det är just Ulf Strandmyr som är gärningsmannen, då hon säger att hon hört Mia skrika "Nej Ulf, nej". Ett par av poliserna spärrar av området med en blåvit plastremsa. Rikslarmet om att Ulf Strandmyr har rymt från Kumla utfärdades bara för en knapp timme sedan. Samma rubrik som Mia läste på aftonbladet.se står fortfarande kvar. Nyheten om Ulfs rymning är nu känt bland alla poliser i hela landet och beredskapen höjs. En psykotisk mördare har rymt och han måste fångas in och det är bråttom! Ulf har för flera minuter sedan lämnat gymnasieområdet och är långt därifrån. Övriga medlemmar ur familjen Lennersjö anländer just till gymnasiet. Lillasyster Lisa och mamma Ritva sitter kvar i bilen medan pappa Conny och Mias tvillingbror Robin springer fram till ett befäl som stoppar dem. Befälet får knappt stopp på Conny, som är utom sig av oro.

– Var är hon?! Var är Mia? Har ni fått tag på Ulf? Var är den jäveln någonstans?! Svara mig! skriker han medan han försöker tränga sig förbi befälet, men ordern var glasklar; "Släpp inte in eller ut någon förrän du blir tillsagd". Robin står ett par meter bredvid sin pappa och ser hur några elever ur Mias teatergrupp rör sig innanför fönsterna. Bland annat ser han Isabell, en av tjejerna i den teatergrupp som Mia är med i. Han försöker förgäves få hennes uppmärksamhet genom att vinka och ropa till henne, men hon ser ut att gråta och vara i chocktillstånd där inne. Samtidigt pratar ett par poliser med de andra eleverna och skriver i sina anteckningsblock. Polisbefälet får kämpa för att hålla tillbaka Conny.

– Lugna ner dig! Är du Mias pappa? frågar befälet. Conny nickar kraftigt och fortsätter försöka ta sig förbi och vidare in genom dörrarna. Polisaspirant Tim Carlström som står en bit bort, hör uppståndelsen från Conny och skyndar dit.

– Du måste vara Mias pappa. Hon är inte kvar här längre, ambulansen åkte i väg med henne för en liten stund sedan. Åk till sjukhuset så får du mer information där. Jag är hemskt ledsen att behöva säga detta, men vad vi vet så har din dotter blivit svårt knivhuggen av den så kallade

Västervikspsykopaten, säger Tim och ser allvarligt på Conny.

– Fan! Jävlars helvete!!! skriker Conny och faller ner på knä med händerna i ansiktet. Händerna skakar lätt och han brister ut i gråt. Robin går fram till befälet.

– Mia är min syster. Var är Ulf?! Har ni fått tag på honom? Är han här?!

– Vi vet i nuläget inte var Strandmyr befinner sig. Just nu genomsöker vi hela skolan och vi håller på att omringa området. Vi väntar på ytterligare förstärkning från Kalmarpolisen och vad jag har hört så är även en spaningshelikopter på väg också. Den unge polisaspiranten är märkbart nervös. Det här är det största pådrag han hittills varit med om och han försöker hålla sina nerver i styr så gott han kan, åtminstone så pass att inte de anhöriga han nu talar med ska märka något. Conny reser sig hastigt upp och ser nästan aggressiv ut.

– Nu ser ni till att fånga den där jäveln och låser in honom för gott, hör ni det?! Hur jävla svårt kan det vara? skrek Conny ilsket och tog tag i Robins arm.

– Kom, vi åker efter till sjukhuset!

Ritva och Lisa har hela tiden sett på håll från inifrån bilen hur Conny är högljudd och frustrerad. Hon vill gå ut till sin man, men hon vågar inte. Hon är rädd för att höra sanningen. Hon förstår nu att det verkligen är hennes Mia som är offret de hörde om och hon kan inte längre hålla tillbaka tårarna när hon ser Conny och Robin gå tillbaka till bilen med raska steg och tårar i ögonen.

– Var är min älskling?! Var är Mia? Lever hon, Conny?

– Hon lever, vad det verkar. Hon befinner sig i en ambulans på väg till sjukhuset. Hon har blivit knivskuren, förmodligen av den där jävla Ulf. Det är ju fan att det inte

finns dödsstraff att tillgå för vissa personer här i Sverige…
Vi åker efter in till sjukhuset på en gång! säger Conny och
lägger i backen på deras Audi A6. Men när de kommer
fram de veta att Mia ganska omgående blev skickad vidare
till universitetssjukhuset i Linköping där de är specialister
på denna typ av trauman som Mia varit med om. Utan att
tveka åker de raka vägen vidare till Linköping.

Kapitel 2

Ulf Strandmyr är förvirrad. Han är dessutom andfådd efter att ha sprungit längs en cykelväg i mörkret och sedan rakt in i skogarna bakom motorbanan där han har hållit sig gömd det senaste två dygnen. De senaste dygnen har inneburit en enorm stress, då polisen har varit honom på spåren ända sedan han lyckades rymma från Kumlaanstalten. Polisen beslöt sig för att inte gå ut i massmedia och tala om att Västervikspsykopaten är på fri fot, för att inte skapa panik. I stället hoppades de att snabbt kunna få tag på honom. De gjorde en kraftig felbedömning. Ulf Strandmyr är smart och överlistade polisen och lyckades snabbt och smidigt ta sig ner till Västervik igen. Hans enda drivkraft har varit att hitta Mia Lennersjö och döda henne, precis som han lovade henne när han blev bakbunden av Robin och Lalla ute på Måsskär för drygt fyra månader sedan. Det har inte varit några problem för honom att hitta Mia. Fast en gnutta tur var det med. Han visste så väl att hon brukade hålla till i skolan ett par kvällar i veckan och öva teater och skolan var det första ställe han hade letat på. Han kunde knappt tro sina ögon när han smög sig fram och tittade in genom ett av fönstren i gymnasiet. Där såg han till sin stora glädje hur det var upptänt i ett av klassrummen. Det var fullt av elever som gick fram och tillbaka på golvet och en av eleverna var hans Mia. Sedan var det inte svårt att ta sig in i gymnasiebyggnaden och gömma sig på ett lämpligt ställe och vänta. Vänta och hoppas på att Mia förr eller senare skulle gå på toa. Då skulle han passa på att gå efter henne och strimla henne sönder och samman. Köra kniven i henne tills hon inte levde längre. Straffa henne. Pina hennes späda kropp tills hjärtat slutade slå. Hans plan lyckades med det.

Han borde vara nöjd nu när han just hade mördat den person han hatar allra mest, men han är osäker på vad han känner. Den tunga medicinering han har gått på de senaste åren fick ett abrupt slut den dagen han rymde från fängelset och nu känner han att hela hans kropp skriker efter medicin. Tabletter som gör att han kan tänka klarare. Känna sig lugnare inombords. Men händerna skakar, som en biverkning av för hastig utsättning av medicinen. Dessutom är den proviant han snodde på en bensinmack slut och han är både törstig och hungrig. För att minska risken för att bli igenkänd snodde han även med sig en Gillette rakhyvel från bensinmacken och med den har han rakat av allt sitt hår och den korta skäggstubb han hade sparat ut inne på Kumla, kvar finns nu bara en mustasch. Ögonbrynen har också fått sig en putsning. Förutom detta har han skaffat sig ett stort silverfärgat örhänge i höger öra. Att pierca sig i örat var ingenting han hade planerat, men när han av en slump hittade örhänget på backen kunde han inte låta bli att ta med sig det i fickan. Själva piercingen gjorde han inne på bensinmackens toalett med hjälp av en säkerhetsnål som satt i prislappen på ett par solglasögon inne på macken. Ulf är ganska säker på att hans utseende är så pass förändrat att han borde kunna gå omkring tämligen säkert i Västervik utan att någon kommer att känna igen honom, trots att hans ansikte har varit på varenda löpsedel i veckor den senaste tiden. En tom känsla växer sig allt starkare i Ulfs huvud. Han har lyckats med det han strävat efter så länge, han har gjort slut på tjejen han trodde var hans älskade Moa. "Bedragaren Mia Lennersjö, som fick mig att tro att hon var min Moa." Men nu då? Vad ska han göra nu? Det vet han inte. Han är en jagad man som inte har någonstans att ta vägen. Han är dessutom väldigt smutsig efter att ha bott i skogen i två dygn. Åtminstone i Ulf Strandmyrs mått mätt. Smutsen äcklar honom något oerhört, men just nu finns det inget annat val än att finna sig i att vara smutsig. Den bil han snodde i Motala har fortfarande en del bensin kvar, men han vet inte vart han skulle åka någonstans. Inte just nu i alla fall. Den står parkerad vid ett hyreshusområde inte långt ifrån där han nu befinner sig. Ulf saknar att kunna sätta på sin favoritmusik nu när han är orolig, men har förlorat allt han tidigare ägde i sin lägenhet. Inga mediciner i världen kan få honom lika lugn som ett stycke Chopin, gärna "Nocturne in C sharp minor". Detta fantastiska stycke på dryga fyra minuter, som han lärde sig spela utantill för tiotalet år sedan hemma i Ånge. Utan att kunna en enda not, lyssnade han dag ut och dag in, vecka ut och vecka in på Youtube på detta mästerverk av Frederic Chopin och lärde sig sakta men säkert härma alla toner. Till slut kunde han hela stycket utantill. Eller såklart favoritlåten av Patrick Cassidy, Vide cor Meum. Någonting händer med honom när han lyssnar på ett riktigt välkomponerat klassiskt stycke. Det är som om hela hans kropp lyfter från marken och svävar i väg och befinner sig i en helt annan värld. Alla problem och bekymmer försvinner. Pulsen sjunker och andningen blir långsammare och en härligt lugn infinner sig.

Hungern börjar göra sig påmind igen, men han tänker inte lämna skogen något mer ikväll. Han planerar att besöka ICA tidigt på morgonen och försöka sno någonting att äta, kanske sno en plånbok ur någon förvirrad pensionärs väska eller något, tänker han. Det är kallt och han går i väg en sväng för att samla ihop lite granris till sin enkla bädd han har gjort under en stor gran. Några grenar granris får även fungera som täcke, men de värmer såklart dåligt och Ulf sover knappt ingenting under kommande natt. Redan vid sjutiden på morgonen vaknar han till av en hund som skäller på håll. Det är fortfarande mörkt ute. Det är kallt och fuktigt i luften och Ulf skakar av kyla.

Hundskall! Kan det vara polishundar? Eller är jag bara för nära ett strövområde för hundägare som är ute på morgon- promenaden? Jag är inte länge säker här, jag måste ta mig djupare in i skogarna. Han känner efter i sin vänstra ytterficka och tar upp en påse med Ahlgrens bilar. Det ligger några bilar kvar där och det får duga som frukost. Men han börjar bli riktigt törstig nu. Hans tunga klibbar fast i gommen och han har nästan ingen saliv kvar i munnen. Det var länge sedan han drack och läget börjar bli akut.

Kapitel 3

Conny kör av naturliga skäl alldeles för fort på väg upp till Linköping. Under normala omständigheter hade Ritva varit på honom för länge sedan att han ska sakta ner och hålla hastighetsbegränsningen, men inte idag. Hon håller i sig i bildörrens handtag när Conny svänger av E22 i Gamleby och fortsätter in på väg 35 som går via Åtvidaberg och sedan vidare mot Linköping. Det är inte långt ifrån att bilens däck skriker i kurvan. Ritvas tårar rinner ner för kinderna och hon håller ett hårt tag om Lisas lilla hand. Den lilla handen försvinner nästan helt i Ritvas. Lisa får nästan ont, men hon säger ingenting. Ritva funderar över hur allt kunde bli så här. Hur kunde hennes dotter ha oturen att bli tillsammans med en livs levande psykopat?

Hur stor är chansen? Han som verkade vara så trevlig. Så artig, lugn och vältalig. Han som verkade ta hand om Mia på ett sånt fint sätt och såg alltid på henne med beundran i blicken. I alla fall de få gångerna som jag har träffat honom.

Ulf Strandmyr, en psykopat och mördare, som nu har rymt från Kumla och kommit tillbaka till Västervik och knivhuggit hennes dotter! Vad är det som driver honom? Hon kan inte begripa det och hon har fortfarande svårt att ta in vad som har hänt. Hon vet inte ens om hennes dotter fortfarande lever eller om hon har avlidit i ambulansen från knivskadorna. Hon sneglar åt vänster och ser på Conny. Hans blick är fokuserad på vägen. Han rör inte en min, bara kör. Han ser allvarlig ut. Inte undra på. Han håller båda händerna med ett fast tag om ratten, vilket han aldrig gör annars. I vanliga fall kör han alltid bara med en hand längst ner lite nonchalant, men inte ikväll. Robin har precis sms:at Lalla om vad som har hänt. Svaret han fick efter bara någon minut var: "**WTF!!! Återkom när ni vet något mer!**" Robin ser ut genom sidorutan på bilen. Det är knappt ingen trafik längs vägen och Conny kör så fort han kan, utan att försöka tumma allt för mycket på säkerheten. Plötsligt blixtrar det till och hela bilen lyser upp för ett kort ögonblick. Det tar ett par sekunder för Robin att förstå att de har passerat en fartkamera alldeles för fort, men Conny gör ingen notis om det utan bara kör vidare mot Linköping. Tankarna far runt i huvudet på Robin.

Hur kan man vara så fruktansvärt sjuk att man vill ta livet av en annan människa? Att sticka en kniv i någons mage gång på gång tills denne faller ihop och sedan bara smiter därifrån? Den där jävla Ulf Strandmyr, hur kan han gå från att älska Mia till att vilja döda henne? Snacka om rubbad i huvudet! Synd att vi inte slog ihjäl honom på Måsskär när vi hade chansen. Fast då hade vi blivit mördare. Fast hellre några år i fängelse än att syrran ska dö.

Det stockar sig i halsen och ett par tårar rinner ner längs hans kinder när han tänker på att hans älskade tvillingsyster kanske inte finns i livet längre.

Hur kunde den jäveln ta sig ut ur fängelset och ta sig tillbaka ända till Västervik utan att snuten har fått tag på honom? Han måste ändå på något sätt vara ganska smart.

Robin tittar på Lisa. Hon håller ett hårt tag om Ritvas hand och stirrar rakt fram. Hennes ögon är rödsprängda och tårar rinner ner för hennes kinder. Det gör ont i Robins hjärta att se sin lillasyster så ledsen och hatet mot Ulf växer sig allt starkare inom honom.

Inget barn ska behöva vara med om något sådant här. Barn ska leka, ha roligt och leva ett bekymmersfritt liv, inte behöva oroa sig om sin syster kommer att överleva eller inte. Stackaren, detta kommer att ge henne men för livet.

– Såja Lisa, ta det lugnt. Du ska se att Mia kommer bli bra igen, försökte han trösta. Normalt sett tyckte han bara hans lillasyster var jobbig och irriterande, men aldrig hade väl familjen känts så sammansvetsad som nu.

Fyrtiotre minuter senare svänger familjen Lennersjös röda Audi A6 in på akutuppfarten vid Linköpings universitetssjukhus. Det är knappt att motorn hinner stanna innan Conny är ute ur bilen och de andra är inte långt efter. Bilen står helt felparkerad men det är det ingen av dem som bryr sig om. De småspringer de tjugotal meterna fram till entrén och Ritva håller Lisa i handen. Innanför entrén sitter folk och väntar på sin tur, men Conny stövlar fram till receptionen och tränger sig före den medelålders dam som står framme vid luckan.

– Ni har fått in en patient från Västervik, en knivskuren tjej, hur är det med henne?! utbrister Conny lätt andfådd.

– Ja det stämmer. Jag vet inte hur det är med henne. Ett ögonblick så ska jag be att någon kommer ut till er, säger den unga tjejen innanför luckan. Den medelålders dam som nyss snörpte på munnen och mumlade surt över att ha blivit undanknuffad, får nu stora ögon när hon hör hur Conny frågar efter någon som är knivskuren och plötsligt är hennes egna bekymmer inte så farliga längre. Conny tackar tjejen i receptionen och vänder sig om. Samtidigt kommer Ritva och Lisa fram till honom.

– Vad sa de? undrar Ritva. Är Mia här? Lever hon?

– Hon är här, receptionisten skulle skicka ut någon som vet mer, säger Conny och lägger armen om Lisa. Följande två minuter är olidliga, tills en bred sjukhusdörr öppnar sig. En medelålders kvinna i vita kläder ser sig om i väntrummet och ser ut att leta efter någon. Hennes blick fastnar på Conny.

– Är ni Mia Lennersjös föräldrar? undrar hon. Conny tar två snabba steg mot kvinnan och tar tag i hennes underarm i ett omedvetet hårt grepp.

– Lever hon? Snälla, säg att hon lever! säger Conny förtvivlat. Bakom står Ritva och Lisa med tårar av både hopp och förtvivlan som rinner ner längs deras kinder.

– Mia lever. Kom, vi går lite avsides så vi kan tala ostört, säger kvinnan och gestikulerar att de ska gå med honom till ett rum en bit in i korridoren. Varken Conny eller de andra säger någonting utan bara följer efter henne.

– Som sagt, er dotter lever. Tyvärr måste jag berätta att läget är kritiskt. Mycket kritiskt till och med. Jag är sjuksköterska och kommer precis ifrån operationssalen där er dotter just nu opereras. Jag var med och tog emot ambulansen och assisterade en liten stund. Jag vet inte hur mycket ni känner till, men Mia har alltså blivit knivskuren med åtta knivhugg, främst i bålen. Ett par av dem var i armarna. Hon har tappat väldigt mycket blod och har blod i lungorna. Vi kommer att behöva operera hela natten. I nuläget kan vi tyvärr inte säga om hon kommer att klara sig eller inte, så illa är det. Jag är hemskt ledsen. Det finns ett väntrum lite längre bort där ni kan vänta avskilt. Det vore bra om ni höll er där i närheten så vi kan kontakta er så fort vi vet mer, säger sjuksystern.

– Visst. Självklart, säger Conny och tackar. De blir hänvisade till väntrummet och Lisa och Robin sätter sig ner i de tygbeklädda stolarna. Ritva bryter ihop, släpper handväskan på golvet och omfamnar Conny samtidigt som hon brister ut i gråt. Conny säger ingenting men håller om henne. Hans blick är blank och tom. Tankarna far runt i huvudet och han är osäker på vilka tankar han ska ha just nu. Ska han vara optimistisk? Ska han räkna med att de snart bara är fyra kvar i familjen, eller borde han just nu känna mer ilska över Ulf Strandmyr? Han vet inte, men just nu orkar han inte göra annat än att försöka trösta sin fru så gott han kan. Det finns knappast något annat att göra nu än att bara vara där för henne och deras barn. Robin stirrar rakt fram och ser frånvarande ut. Plötsligt känner han hur en liten hand söker sig till sin och han rycker till lätt. Det är Lisa som söker tröst. Han vänder sig mot henne och hans hjärta går nästan sönder av att se hennes förkrossade ansiktsuttryck och han hade gjort vad som helst i världen för att kunna säga något som kunde pigga upp henne, men just nu finns det ingenting. Nu var det bara att vänta på att kirurgerna får göra sitt. Robin fattade ömt sin lillasysters ena hand och torkade bort hennes tårar med den andra.

– Såja, Lisa. Du ska se att… du vet, kirurgerna gör vad de kan där inne, försöker Robin trösta.

– De måste rädda min storasyster, de måste! utbrister Lisa och gråter ännu mer. Det går två timmar och klockan har hunnit bli drygt elva på kvällen. Den häftiga gråten har gått över till milda snyftningar för dem allihop och de sitter bredvid varandra på rad på stolarna i väntrummet. De är djupt försjunkna i sina egna tankar. Lisa sover sedan en halvtimme tillbaka, med huvudet vilandes mot Robins arm. Emellanåt hörs det fotsteg utanför och varje gång rycker Conny till och hoppas att någon ska komma in och berätta att operationen är lyckad och att Mias liv är utom fara. Men ingen kommer in till rummet där de sitter. Conny känner hur hans egen puls slår snabbt och hårt i bröstet. Det är en konstig känsla hos honom just nu. Den fruktansvärda händelse han och hans familj har varit med om under kvällen har sugit musten ur honom totalt, samtidigt som oron över Mia ligger som en demon inuti hans huvud och håller hans puls och adrenalinnivå uppe. Han mår dåligt. Fruktansvärt dåligt och han vet inte hur länge han kan stå ut med ovissheten. Men han måste vara stark. För familjens skull. Och för Mias. Tusentals tankar har farit genom hans huvud ikväll. Hela Mias barndom och uppväxt har passerat revy. Han har sett framför sig hur Mia kom till världen för arton år sedan. Han minns nästan den dagen in i detalj. Lyckan över att se den knubbiga lilla tjejen komma ut och ta sina första andetag i livet och kort därefter kom hennes lillebror ut. Sedan såg Conny deras första skoldag passera framför honom. Hon var så rädd och osäker, men Robin tog hennes hand och försökte trösta henne. Connys läppar darrade lätt när han tänkte på detta. Sedan såg han framför sig Mia i nutid när hon står på toaletten hemma i huset och fönar håret.

Vart har alla åren tagit vägen egentligen? Om det värsta skulle hända nu ikväll, har jag varit en tillräckligt bra pappa åt henne? Har jag givit henne den uppmärksamhet hon förtjänat? Borde vi gett henne högre veckopeng? Har jag gett henne tillräckligt med beröm och bekräftelse genom åren? Älskade lilla Mia, var stark nu! Du måste kämpa dig igenom detta, låt inte Ulf vinna denna kamp! Du klarar detta, min lilla flicka! Jag gör vad som helst, bara du överlever detta!

Plötsligt knackar det på dörren. Conny slits bort från sina djupa tankar och far upp ur stolen, precis som de andra när de hör dörren öppna sig. En sjuksköterska står i dörröppningen.

– Ursäkta att jag stör, men jag ville bara tala om att om ni är hungriga så kan jag ordna några smörgåsar och kaffe till er. Och saft förstås, säger hon och ser nästan ut att skämmas för att hon fick allihop att resa sig upp. Det är nästan som om luften går ut Conny. Han som hade hoppats på ett besked om hur det har gått med operationen. Han kan inte strunta mindre i huruvida han är hungrig eller törstig just nu, men kommer i samma stund på att kanske de andra är sugna på något. De har ju faktiskt inte ätit sedan de satt i godan ro hemma i köket när de fick telefonsamtalet från polisen.

– Öh, tack. Vi vill nog allihop ha en smörgås. Och kaffe och saft om det går bra, säger han. Han sväljer snabbt en gång och frågar med darr på rösten.

– Har du hört något om Mia, vår dotter? Sjuksköterskan skakar bara på huvudet.

– Nej, tyvärr vet jag ingenting om det. Jag kommer strax tillbaka med lite mat åt er, säger hon och lämnar rummet. De sätter sig återigen ner på stolarna och fortsätter vänta, precis som de har gjort de senaste timmarna. Bara en liten stund senare knackar det igen på dörren varpå samma sköterska kommer in med en bricka med mackor, kaffe och saft. Denna gång hoppar Connys hjärta inte till lika mycket när dörren öppnas. Som hastigast tittar han till på klockan, som visar 00.23. Lisa sover fortfarande och Ritva skakar lätt på huvudet som ett tecken till Conny att hon får sova vidare.

– Här. Ta en macka, säger hon till Robin och räcker över en smörgås med ost och två gurkskivor på. Egentligen är han inte sugen men tar ändå ett par tuggor och sköljer ner med lite kaffe. Sedan tar han upp mobilen och går igenom de senaste händelserna på Facebook. Han bläddrar genom flödet men tar inte in vad han ser. Han är fruktansvärt trött men pulsen är ändå hög. Egentligen vet han inte varför han sitter och kollar på Facebook just nu, när hans tvillingsyster ligger på operationsbordet och svävar mellan liv och död. *Vad fan håller jag på med egentligen?*

Med ens lägger han tillbaka mobilen i fickan. Robin börjar fundera på vad han ska ta sig till om hans andra halva inte kommer att överleva natten. Den person som känner honom allra bäst, hans tvillingsyster. Nåja, Lalla kanske känner till en hel del som inte Mia känner till, men ändå. Om doktorn skulle komma in i rummet nu och säga att Mias liv inte gick att rädda så vet han inte om han själv skulle vilja leva mer. Helt allvarligt. Han börjar svettas vid tanken och pulsen går upp ännu mer än vad den redan har gjort. Han förbannar Ulf Strandmyr och sluter ögonen en stund. Ulf, som han först var skeptisk till, kanske mest på grund av att han var flera år äldre än Mia men när han tänker efter har han alltid varit skeptisk till Mias pojkvänner. Antagligen ett slags skyddsbeteende, tänker han. Ulf hade ju visat sig vara riktigt trevlig faktiskt. Lugn och nästan lite sävlig till sättet. Ofarlig på något sätt. Men nu så här i efterhand när han tänker efter så kanske Ulf var lite *för* perfekt. Bilen var skinande ren och i perfekt skick, håret låg helt perfekt, liksom de välstrykta kläderna och det välrakade ansiktet. När Robin tänker efter så svarade

Ulf alltid perfekt på alla frågor. Det fanns ingenting att anmärka på, när han tänker efter. Allt var *för* bra, *för* perfekt, nu när han tänker efter. Men han förstår nu i efterhand varför Mia föll för den lugne och trevlige Ulf och varför Ritva tog sig till honom direkt. Men i själva verket så kände de inte Ulf Strandmyr alls. För vem kunde ana att den tjej som Ulf såg framför sig när han såg på Mia inte alls var Mia, utan hans gamla döda lekkamrat från Ånge.

Fan vad sjukt! Han inbillade sig att min syrra var hans gamla lekkamrat som hade dött som barn. Hur kan han ens komma på tanken?

Ritva säger inte mycket men Conny förstår att hon har det tufft med tanke på hennes ansiktsuttryck. Hon får det där speciella sammanbitna uttrycket. Tittar ner. Snörper med munnen. Blir tyst och eftertänksam. Sluter sig inne, in dit Conny har så svårt att nå när hon är på det humöret. Men nu är inte bara Ritva som har bekymmer, nu är det alla i familjen och Conny har fullt upp att själv försöka ta sig samman.

Kapitel 4

Minuterna går. Ett femtiotal meter ifrån rummet där familjen Lennersjö sitter och vakar ligger Mia på operationssal 3. I rummet finns två sjuksköterskor, en narkosläkare och tre kirurger. De jobbar febrilt på att laga allt som är trasigt på henne. Ulf Strandmyr har lyckats punktera båda hennes lungor, skada hennes lever, magsäck samt orsaka ett flertal mindre djupa sticksår på hennes armar med den kniv han hade med sig in på damernas toalett i Västerviks gymnasieskola för bara några timmar sedan. Ett av knivhuggen är bara ett par millimeter från att punktera vänstra förmaket på Mias hjärta.

Halv fyra på morgonen knackar det på dörren in där Conny, Ritva, Robin och Lisa befinner sig. Alla sover. Till och med Conny har somnat, sittandes med huvudet lutat bakåt mot väggen. I sin hand håller han Ritvas hand, men rycker till när han hör knackandet. De andra vaknar också. Det är en man den här gången som kliver in i rummet. Han är i sextioårsåldern och bär små, tunna glasögon som sitter långt nerglidna på näsan. Han ser trött ut. Ingen säger någonting utan bara stirrar spänt på mannen.

– Familjen Lennersjö? frågar mannen med ansträngd blick. Alla nickar.

– Jag heter Dan Andersson och det är jag som har opererat er dotter de senaste timmarna i natt. Jag vill bara berätta att vi är klara nu och läget för Maria är fortfarande kritiskt, men vi bedömer det ändå som stabilt, säger han och ser på var och en av dem. Ritva flämtar till högt och tar sig för munnen och brister ut i gråt. Även Conny flämtar till och kramar om Ritva hårt, sedan kramar han barnen. Kirurgen låter familjen samla sig några sekunder innan han fortsätter.

– Det finns ingen anledning för er att stanna kvar här. Maria är nersövd och kommer vara så ett par dagar till. Jag föreslår att ni åker hem och kommer tillbaka om ett par dagar. Dessutom bör vi ju tänka på infektionsrisken med, er dotter har ju faktiskt opererats på flera ställen på kroppen, så med det med i åtanke så tycker jag nog att två dagar är det minsta ni bör hålla er borta. Jag hoppas ni har förståelse och respekterar detta, säger kirurgen med allvar i blicken.

– Okej… Men hon kommer att klara sig då? undrar Conny oroligt och kliar sig nervöst på armen.

– Det verkar så. Några av knivhuggen var inte så djupa som vi först hade trott. Det var kritiskt ett tag, men som sagt nu är läget betydligt bättre och vi bedömer alltså läget som stabilt. Men er dotter behöver lång tid för att återhämta sig, säkert flera veckor. Lämna ett telefonnummer till sjuksköterskan som jag strax kommer att skicka in hit, så hör vi av oss om något skulle hända. Annars är ni välkomna om ett par dagar som sagt, så kan ni få träffa er dotter igen, säger kirurgen och lämnar rummet.

De ser allihop på varandra. Känslorna är överväldigade och Ritva flämtar högt återigen medan tårarna återigen rinner ner längs kinderna. Robin biter sig själv i läppen för att inte börja gråta igen. Han vet att han har all rätt i världen att gråta just nu, men hatar att göra det framför sina föräldrar. Han sneglar på Lisa. Hon ler stort medan ögonen är rödsprängda.

– Mia kommer att överleva! Hon kommer att överleva! ropar hon och kramar om allihop. Conny skakar om händerna. Det är för mycket nu, av allting. Trötttheten blandar sig med glädje, oro, sorg och hopp och hans hjärna verkar få svårt att få ihop alla känslor och hormoner som far omkring i kroppen. Plötsligt känner han hur fruktansvärt hungrig han är och han antar att de andra känner likadant.

– Hörni? Ni hörde vad kirurgen sa. Vår älskade Mia kommer att klara sig! Vi kommer ändå inte få träffa henne förrän om ett par dagar, så det är väl lika bra att vi åker hem.

– Jo, det är väl det, säger Ritva och ser ner i backen.

– Fast jag önskar så att jag bara fick se henne och hålla hennes hand, suckar hon.

– Det kommer du att få. Snart. Vi måste vara tålmodiga, vi kan nu bara vänta, säger Conny.

De tar sina saker och lämnar det rum de har suttit i länge nog och går genom korridoren och ut mot bilen. Höstnattens bistra kyla slår emot dem när de går mot bilen. Det är kolsvart på himlen men sjukhusets alla lampor lyser upp asfalten där de går. Conny kan inte låta bli att le. Han tittar på Robin som också ser lycklig ut.

– Är det bara jag som är hungrig? frågar han de andra.

– Nä, jag är jättehungrig! säger Robin.

– Vi kan väl leta upp närmaste McDonalds, så käkar vi lite innan vi åker hem, va? frågar Conny de andra.

Jaaa! utbrister Lisa och slänger upp händerna i luften. Robin knappar in McDonalds på GPS:en på sin mobil medan Conny börjar backa med sin kära Audi A6 för att komma runt den lilla vändplatsen vid lasarettet.

Kapitel 5

Familjen Lennersjö kommer hem till Sjöviksvägen i Västervik tidigt på morgonen den sjunde oktober. Det har varit det längsta och värsta dygnet i deras liv hittills och bristen på sömn börjar göra sig påmind på allvar. Lisa sover i bilen sedan en dryg timme tillbaka när Conny svänger upp på den lilla asfalterade uppfarten vid deras hus. Ritva puffar försiktigt på henne.

– Älskling, vi är hemma nu, säger hon och gäspar samtidigt. Lisa mumlar något till svar och torkar bort saliv från kinden. Robin knäpper av bältet och sträcker på sig och går sedan ut ur bilen.

– Jag tror att allihop behöver sova i kapp några timmar efter denna hemska natt, eller vad säger ni? säger Conny och låser upp ytterdörren. För ett ögonblick slår det honom att Ulf Strandmyr skulle kunna ha tagit sig in i deras hus och vänta på dem med en kniv i handen, men kommer på att de numera har hemlarm. Han kliver in i huset och larmar av med larmbrickan.

– Ja, vi behöver sova några timmar tror jag. Jag kan ställa klockan på tolv så att vi inte sover bort hela dagen. Det är nog dumt om vi rubbar dygnsrytmen alltför mycket, säger Ritva och hänger av sig kläderna i hallen. Robin är helt slut efter att ha varit vaken hela resan i bilen på väg hem från

Linköping. Han hänger av sig sina kläder och går upp till sitt rum och slänger sig på sin säng utan att ta bort överkastet. Conny känner att han verkligen borde sova några timmar, men han kan inte. Tankarna fortsätter att snurra i hans huvud. När han hör att Ritva drar långa djupa andetag reser han sig försiktigt upp från sängen och smyger ner till köket. Adrenalinpåslaget verkar ännu inte ha lagt sig helt och tröttheten han kände nyss är som bortblåst. Så tyst han kan sätter han på en kopp kaffe. Under tiden som kaffet rinner klart sätter han sig vid köksbordet och tittar ut. Det är fortfarande mörkt ute, men gatlamporna är tända.

Undra hur det är med min lilla flicka just nu. Hon är säkert sövd fortfarande. Då har hon inte ont i alla fall. Stackars liten. Varför skulle detta hända just henne? Hur stora är oddsen att springa på en våldsbenägen psykopat? Läkarna säger att läget är allvarligt men stabilt, kan man verkligen lita på att det är stabilt? Eller kan det förvärras? Kan Mia till och med dö? Det kan hon väl ändå inte? Om de säger att läget är stabilt så är det väl det. Eller? Fan, mina nerver! Jag kommer inte vara lugn förrän jag har fått träffat och pratat med Mia. Vad kommer hon få för men av det här, förutom de psykiska? Kommer hon kunna prata som vanligt igen? Hur lång rehabilitering behöver hon ha? Kommer det dröja månader innan hon kan komma hem igen? Tänk om hon måste göra en organtransplantation?

Kaffebryggaren puttrar och de sista dropparna rinner ner i kannan. Conny reser sig tröttsamt och häller upp en kopp och sätter sig igen på stolen. Länge och väl sitter han och grubblar på både det ena och det andra. Förutom att tänka på Mia så tänkte han förstås på Ulf.

Vart är den jäveln någonstans nu? Tror han att Mia är död? Är han på jakt efter oss nu? Bör vi söka polisskydd? Vad säger polisen egentligen? Kanske står det något på nätet om jakten på honom.

Knappt hinner Conny tänka tanken innan det ringer på dörren. Han rycker till men går snabbt ut till hallen och öppnar. Utanför dörren står en man i övre medelåldern med en polisbricka uppsträckt i ansiktshöjd.

– Conny Lennersjö? Jag heter Lennart Malm och jobbar som kriminalinspektör hos Polisen i Västervik, säger mannen. Rösten är mörk och skrovlig och precis så där bestämd i tonläget som man kan förvänta sig av en polis.

– Jag vill börja med att beklaga det som hänt med er flicka. Jag och mina kollegor håller alla tummar att det kommer att gå bra för henne på sjukhuset, sa inspektören. Conny vet inte riktigt vad han ska säga men mumlar ett tack till svar. Tusen tankar sköljer genom hans huvud.

Varför kommer polisen så här dags? Har det hänt något med Mia? Eller är det något om Ulf?

– Vi… vi har precis kommit hem från sjukhuset i Linköping, säger Conny med trött röst. Han kliar sig lätt i håret och döljer en gäspning.

– Jag förstår. Ni måste vara helt slut, era stackare. Tyvärr är jag tvungen att ställa några frågor till dig, hoppas att det är okej, fortsätter Lennart Malm.

– Öh, ja självklart.

– Som du säkert förstår så pågår en stor spaningsjakt på Ulf Strandmyr just nu. Han är fortfarande på fri fot trots att vi har ett tjugotal poliser från granndistrikten som letar för fullt. Vi har även hundpatruller ute i skogarna som letar och jag vill att du ska veta att vi gör allt vi kan för att hitta honom. Men jag är här för att höra om Mia möjligtvis sa någonting speciellt i går innan hon begav sig till gymnasiet? Någonting om Strandmyr, menar jag.

– Nej. Nej det tror jag inte. Vi försöker att inte prata så mycket om honom längre. Mia jobbar på att gå vidare i livet och försöker glömma allt som varit med Strandmyr, svarar Conny.

– Jag förstår. Vi försöker bara gripa efter alla halmstrån vi kan hitta just nu. En livsfarlig psykopat går lös någonstans i Västervikstrakten och han måste fångas in snarast. Det råder kaos bland ortsbefolkningen och ingen vågar knappt gå utanför dörren. Vi är nerringda av oroliga invånare, fortsätter Malm.

– Jag förstår det. Vem vet vad Strandmyr tänker göra härnäst? Han verkar ju kapabel till att göra precis vad som helst.

– Precis. Vi kommer sätta ett par civilspanare i närheten av ert hus. Ifall Strandmyr får för sig att hälsa på, så att säga. De övervakar huset dygnet runt från och med idag. Bara så du vet.

– Okej, det känns ju bra.

– Ja, vi vill ju att ni ska känna er säkra. Åker ni och handlar så följer en civilare efter på håll. Den andra är kvar utanför ert hus. Ni kommer inte att märka av dem, men ni ska veta att ni hela tiden är under uppsikt och i trygghet, dygnet runt. Det gäller förstås alla i familjen. Jo, det var en sak till. Vi hittade Mias mobil på gymnasiet. Ni kan hämta den nere på stationen om ett par dagar om ni vill. Vi ska bara hinna gå igenom den för att se om vi hittar någonting som kan härleda till Strandmyr, sa Malm.

– Jaha, vad bra. Vi kommer ner någon dag och hämtar den, säger Conny. Kriminalinspektören tackar för sig och åker i väg. Conny gäspar ännu en gång och dricker ur det sista ur kaffekoppen inne i köket.

*Hur fan kan han lyckas hålla sig undan från polisen? Måste väl
ändå bara vara en tidsfråga innan de fångar in honom. Han sitter
väl och trycker under en gran någonstans. Hundarna lär väl
hitta honom under dagen. Alla vet hur han ser ut. Det finns inte
en löpsedel som inte har hans ansikte på förstasidan.*

Conny går upp och lägger sig i sin säng ännu en gång.
Denna gång somnar han och sover ända tills klockan
ringer.

Två dygn senare ringer en sjuksköterska från
universitetssjukhuset i Linköping. Hon berättar att läget
med Mia är fortfarande allvarligt men stabilt. Hon säger
också att familjen har blivit beviljad att få komma och hälsa
på från och med idag.

Det är med blandade känslor som familjen är på väg till
Linköping. De vet att de första 48 kritiska timmarna är över
och att Mia fortfarande lever. Men de vet inte hur hon
kommer att vara när hon vaknar upp och träffar dem.
Ända sedan Conny fick reda på vad som hänt Mia på
gymnasiet i Västervik har hans enda tankar om Mia varit
att hon måste överleva. Nu har dock tankarna ändrats. Han
vet att hon är opererad och har överlevt knivattacken och
nu önskar han att hon får så få men som möjligt och att hon
får komma hem till dem i Västervik snart.

Det är eftermiddagen den nionde oktober och Conny
parkerar bilen på norra sjukhusparkeringen. Lisa håller
hårt i Ritvas hand när de går in genom dörrarna vid norra
entrén. Robin letar snabbt upp att Uppvakningsavdelning
THUVA ligger vid Målpunkt C i andra änden av sjukhuset.
Han har god lust att säga "vad var det jag sa?" till sin
pappa gällande parkeringen som borde ha skett vid den
södra änden av sjukhuset, men låter bli. De håller högt
tempo längs den långa korridoren och Lisa har svårt att

hänga med. De vita, tråkiga väggarna med medelmåttiga konstverk och den sterila sjukhusdoften får Conny att må dåligt. Denna doft är för honom välbekant och bara förknippad med stress och oro. De få gånger han har behövt uppsöka sjukhus har förutom incidenten med Mia varit vid barnens förlossning och sin farfars bortgång. Visserligen var ju barnens födslar det mest fantastiska i hans liv, men också de mest psykiskt påfrestande. De passerar två fikaställen innan de till slut svänger höger mot Målpunkt C, där Uppvaket finns. Conny haffar en yngre sköterska och frågar var Mia finns. Enligt namnbrickan heter hon Camilla Abelsson.

– Menar ni Maria Lennersjö? Jag måste tyvärr be er om legitimation. Det är en direkt order från polisen. Alltså, med tanke på vad hon har varit med om och så, säger hon och ser en aning nervös ut.

– Jag förstår. Vi är Mias familj, säger Conny och får till slut upp sitt körkort från plånboken.

– Tack. Ni kan följa med mig, säger Camilla och leder dem vidare in i en annan korridor. Här är det om möjligt ännu mer sterilt. Väggarna saknar helt väggbonader. Hon stannar till utanför en bred dörr och vänder sig mot familjen.

– Maria har inte vaknat ännu. Vi har precis tagit bort slangarna ur halsen på henne men hon har ett par slangar kvar i armarna. Med lite tur så kanske hon vaknar nu när hon hör era röster, men det är inte alls säkert. Hon vaknar när hon är redo för det helt enkelt, fortsätter sköterskan.

– Vi förstår, säger Ritva och lägger armarna om Lisa, som för att visa att hon inte behöver vara orolig. De stiger in i rummet där Mia ligger och ser tre sängar där inne, men det är bara en säng som någon ligger i. Robin vet på ett ungefär

32

vilken syn som väntar honom, men ändå blir chocken över att se sin tvillingsyster ligga helt orörlig och med dropp i armen där i sjukhussängen stor. Hennes ansikte ser insjunket ut och hon har inget smink på sig. Han är så van att se henne i full makeup och alltid med ett leende på läpparna, men inte den här gången. Munnen är helt stängd och läpparna ser torra och fnasiga ut. Huden är blek och glåmig. Hennes långa, blonda hår är åtminstone kammat och ligger vackert utspritt på den stora kudden. Det är som om det är Mia som ligger där, men ändå inte, tänker Robin. Flertalet sladdar är fästa under sjukhusröjan på hennes bröst och går vidare till EKG–apparaten som står bredvid sängen. Ett svagt pip hörs konstant från den, som indikerar hennes hjärtrytm. Via en kanyl i armen går en slang upp i en ställning med något slags dropp. Han hör hur hans mamma brister ut i gråt när hon får se sin dotter.

– Men lilla älsklingen! säger hon och fattar hennes hand. Lisa säger inget men trycker sig hårdare kring Ritvas midja. Både Conny och Robin kämpar för att inte brista ut i gråt. Sjuksystern som visade in dem till Mias rum står avvaktande på behörigt avstånd bakom dem. Dörren öppnas på nytt och en lång man i sextioårsåldern kommer in. Robin känner direkt igen mannen, det är han som opererade Mia för ett par dygn sedan.

– Jag hörde att ni hade kommit hit, sa han och sträckte fram handen för att hälsa.

– Hur är det fatt med henne? undrar Conny.

– Maria mår under omständigheterna väl. Eller rättare sagt, hennes kropp har tagit operationen på ett bra sätt. Nu får vi bara ge henne tid att läka. Ni får allt räkna med att hon blir kvar här ett par, tre veckor till. Efter det så räknar jag med att hon kan förflyttas till sjukhuset i Västervik.

Kanske till och med att hon då är så pass pigg att hon kan komma hem direkt, säger Dan Andersson och ser på dem med lugn och vänlig blick.

– Två, tre veckor, upprepar Conny.

– Ja det får ni nog räkna med. Vi vill gärna ha koll på henne ett tag så vi ser att såren läker både invärtes och utvärtes och att hennes värden är stabila. När hon väl är tillbaka hemma hos er så ordnar vi med någon som kommer hem och tittar till henne ett par gånger om dagen.

– Jag förstår. Är det okej om vi stannar kvar här hos henne en stund till? undrar Conny.

– Absolut. Ta den tid ni behöver. Synd att hon inte behagade vakna nu när ni åkt så långt. Om ni har några fler frågor så vänd er gärna till Camilla här, säger kirurgen och nickar lätt innan han lämnar rummet igen.

– Vi kan väl ta en kaffe här hos Mia? Robin, följ med mig och köp lite fika, säger Conny.

– Ja men gör det. Det finns ju ett litet bord här, säger Ritva och ler tillgjort. Hennes ögon är glansiga men har ändå ett uttryck av lugn i ansiktet efter att äntligen ha fått återse sin älskade dotter efter det fruktansvärda dådet som Ulf Strandmyr utsatte henne för. Lisa tar ett par försiktiga steg fram till Mia och klappar henne ömt på kinden.

– Snälla Mia, vakna snart. Jag lovar att aldrig mer sno dina hårtofsar eller smink utan att fråga, om du bara lovar att vakna, snyftar hon. Ritva försöker hålla tillbaka sina tårar men lyckas inte.

– Hon kommer att vakna, lilla gumman. Men kanske inte idag.

När Conny och Robin kommer tillbaka fikar de en stund borta vid det runda lilla bordet som står bara ett par meter från Mias säng. Deras blickar skiftar hela tiden mellan dem och Mia i hopp om att hon kanske, kanske öppnar ögonen medan de är där på besök, men det händer inte. Inte denna gång.

Kapitel 6

En vecka senare. Ulf Strandmyr sitter på golvet i ett av Västerviks gymnasiums förråd, en stor byggnad som ligger inne på gymnasiets område. Byggnaden har ännu inte omfattats av skolans larmsystem, vilket Ulf kom på tredje dagen han befann sig djupt inne i skogarna någonstans i Västerviks kommun. Samma kväll som han kom att tänka på förrådet, knackade han sönder ett av de små fönsterna som vette mot en liten skogsdunge. För att det inte ska synas att fönsterrutan är trasig, tejpade han över den inifrån med en svart plastpåse som han hittade i förrådet. På dagtid syns det möjligtvis men inte på kvällen. I den stora byggnaden finns allt möjligt som kan behövas till gymnasiet. Här finns bland annat skolbänkar, gamla förvaringsskåp, stolar, städerskans förråd av toalettpapper och hygienartiklar, plastmuggar, tösalt till vintern med mera. Till och med tjugotalet begagnade laptops hittade han när han snokade runt. Det är trångt, rörigt och överfullt med grejor i byggnaden, vilket passar Ulf alldeles utmärkt. Här kan han vistas helt obemärkt om både dagar och nätter utan att riskera att bli upptäckt. Det finns inte en chans att någon kan se honom där han har sitt tillhåll, längst in i ena hörnet av förrådet då skåp, bänkar och EUR–pallar står staplade överallt. Dessutom är de få fönster som finns av typen källarfönster och sitter högt uppe i huvudhöjd. Det enda han saknar är en toalett, vilket besvärar honom något oerhört att behöva uträtta sina behov ute i naturen, där det inte går att vare sig spola eller tvätta händerna efter sig. Om han inte hade haft tillgång till toalettpapper och handsprit som han har hittat i förrådet hade han förmodligen tvingats till att uppsöka ett annat uppehälle.

På det kalla betonggolvet i förrådet där han nu sitter har han precis lyckats knäcka skolans wifi- kod på en av skolans laptop. Wifi- signalen är svag och ibland tappar den signalen. För en som tidigare jobbat som säkerhetsansvarig på Ånge Kommuns IT- avdelning var det inte särskilt svårt att knäcka wifi-koden. Det hade heller inte varit särskilt svårt att programmera om ett passerkort så han hade kommit in på gymnasiet så han kunde smyga in i gymnastikhallens omklädningsrum och tagit en dusch sent om nätterna, om han bara hade haft ett passerkort förstås. Men det har han inte. Inte än i alla fall. Och om han hade haft det så hade det inte varit några problem att komma in på servern och gå in i programmet som hanterade alla passerkort och radera sitt eget korts loggar om han hade velat det. Ulf svettas lätt i pannan. Inte för att han är varm utan för att han äcklas av att inte ha kunnat duscha på flera dagar. Det kryper i hela kroppen på honom när han tänker på sin hygiensituation. Han känner att han har beläggning på framtänderna och äcklas av det, men han kan ändå inte låta bli att känna med tungan emellanåt. Trots att han har försökt torka bort beläggningen med toapapper så får han inte bort allt till sin stora förtret. Trots att han har försökt smörja in sina armhålor med handsprit luktar han ändå svett och det stör honom. Så pass att han får svårt att koncentrera sig. Det är i mitten av oktober och trots att temperaturen i havet knappast lär vara över tio grader så har han flera gånger övervägt att ta sig dit och ta sig ett bad. Än så länge har han ratat den idén och nöjt sig med handsprit, men för varje dag som går känns idén om ett bad i havet som ett rimligt och extremt nödvändigt alternativ, hur kallt det än må vara.

Ulf snokar vidare på skolans servrar med hjälp av laptopen. Han ser en mapp med namnet "Elevfoton". Genast stiger hans puls. *Här måste det finnas bilder på Mia"*, tänker han medan hans pupiller vidgas. Han rätar på sig och knäcker omedvetet på sina fingerleder. Det enorma hat han länge har känt för Mia känns plötsligt borta. I stället känner han ett starkt behov av att få se henne igen och han förvånas över dessa känslor. Han behöver få se hennes ansikte igen, tjejen han för några dagar sedan högg ihjäl på gymnasiets toalett. Han minns tillbaka på den kvällen med blandade känslor. Utan någon som helst ånger kan han se framför sig hur den brevkniv han hade med sig snabbt tränger in genom Mias kropp. Hugg på hugg genom hennes stickade grå tröja som snabbt färgas röd av blod. Bladet tränger så lätt in i huden på henne. Gör nästan inget motstånd alls. In och ut, in och ut. På armar, bröst och mage, medan hon skriker allt vad hon orkar. Skriken blev till en början allt högre, men någon gång efter ett hugg som måste ha träffat genom en av hennes lungor, blev skriken knappt hörbara längre. Det lät mer som ett gurglande, erinrar han sig. Ulf tar ett djupt andetag och ler en aning när han tänker tillbaka. Men leendet försvinner snabbt och ögonbrynen rynkas.

Var det verkligen nödvändigt att döda henne? Förhastade jag mig kanske? Visserligen skydde jag henne som pesten efter allt hon har gjort mig, men…? Jag vet inte…

Ulf slänger hastigt igen locket på laptopen och stirrar rakt in i väggen. Biter sig försiktigt i läppen och rynkar omedvetet på pannan. Han funderar på om han har gjort rätt som tagit Mias liv eller om han skulle ha agerat annorlunda. Inte för att han egentligen känner någon slags ånger för själva dådet, men han undrar om världen nu är bättre med Mia död eller inte. Mår han bättre nu? Han älskade ju att hata henne, men nu är han förvirrad. Han känner som om att hela världen är på jakt efter honom och att det bara är en tidsfråga innan han blir tillfångatagen och blir inburad på Kumla igen. Tillbaka till Kumla är det sista han vill. Inspärrad i en bur likt en apa, där han är tvingad till att lyda order och följa vakternas tider och regler. Inte få bestämma när man vill äta eller sova. Smuts och bakterier överallt. Cellen var dyster och väggarna färgade i vitt och svagt beige, inte en endaste tavla. För att inte tala om toaletten, som fanns på andra sidan en slags halvvägg inne i cellen. I vanliga folks ögon var nog cellen om än inte mysig och vackert inredd, så åtminstone ganska ren. Men inte i Ulf Strandmyrs värld. Både när han bodde i lägenheten på Markörgatan i Västervik och i Ånge så skurade han alltid hela sin toalett två gånger i veckan med Klorin och skurborste. Dammsög gjorde han varje dag. Minst. Sängkläder bytte han två gånger i veckan, oftare om somrarna om han svettades mycket om kvällarna. De andra medfångarna kom alltid med glåpord. Både till honom och till varandra. Ständigt knuffande i matkön. Han stod inte ut med att andra män stod bara några centimeter ifrån honom och andades honom i nacken, och spred sina bakterier rakt på honom. Han ryser bara han tänker på den vidriga, varma och fuktiga andedräkten från de andra medfångarna medan de stod i kön och väntade på lunchen. Ulf var egentligen ingen våldsam man. Tycker han inte själv åtminstone, men när någon i matkön nös eller hostade var paniken nära. Pulsen fördubblades snabbt och hans ansikte blev illrött av ilska. Vid flera tillfällen var han så nära att bara flyga på och slå ihjäl personen som nös, bara för att få tyst på dennes avskyvärda nysningar, som med all sannolikhet var full av smittsamma virus och bakterier. Han ville slå med knytnävarna i halsen så hårt han bara kunde tills fångens huvud var avskilt från kroppen. Han såg för sitt inre hur varje slag träffade halsen och gjorde den alltmer deformerad. Struphuvud som krossades, blod som sipprade ut genom munnen, panikartade pip från fången medan slagen gång på gång motades mot den alltmer trasiga halsen som svällde igen utav blod. Men han hade lyckats behärska sig. Som tur var, annars hade han med all sannolikhet förflyttats till en ännu mer hårdbevakad cell. Kanske till och med hållits neddrogad och handfängslad så fort han skulle vistas tillsammans med andra fångar och då hade det verkligen varit omöjligt att rymma därifrån. Men han hade lyckats. Genom stor list och en gnutta tur hade han lyckats lura vakterna och rymt.

Ulf rycker till när han slits från tankarna om de före detta medfångarna och börjar tänka på Mia igen. Hon finns inte längre och han känner en viss tomhet i bröstet när han tänker på hennes vackra ansikte med de tindrande, uttrycksfulla ögonen. Middagarna de åt tillsammans, långpromenaderna, hennes dåliga ordvitsar, det härligt klingande skrattet. Alla de fina minnena dyker plötsligt upp. De som han tidigare har förträngt och bara riktat ett starkt hat. Han ryser plötsligt till och får gåshud på armarna. Inne i förrådsutrymmet där han håller till är det svalt. Det finns visserligen element därinne men de styrs via ett centralsystem någonstans från något rum i gymnasiet och Ulf kan inte påverka värmen. Han misstänker att vaktmästaren har ställt in värmen på några få plusgrader. Bara så att saker och ting därinne inte ska kunna frysa.

Det är sen eftermiddag och hungern börjar göra sig påmind. Han sneglar bort mot ett skrivbord som står några meter till höger om honom. Där har han lagt en påse med gifflar från Pågen som han har snott i en mataffär. Den är fortfarande oöppnad. Ulf vet att han måste hushålla med matresurserna för han vet inte när han lyckas fixa mer mat nästa gång. Efter några sekunders övervägande reser han sakta på sig från det kalla betonggolvet och går bort till påsen med gifflarna och öppnar den. En stark doft av kanel sprider sig upp till Ulfs näsa och det vattnas i hans mun. Efter någon minut har han tuggat i sig tre stycken gifflar och hur mycket han än vill fortsätta att sätta i sig resten av påsen, lägger han ifrån sig den efter att ha förslutit den så att de kvarstående gifflarna inte torkar ut. Han hade lätt kunnat betala två hundra kronor för en burk Coca-Cola just nu, men i stället sätter han sig ner igen på det kalla betonggolvet. Ute blir det mörkare för varje halvtimme som går. Emellanåt knakar det lätt i träbjälkarna i taket från vindbyarna utanför. Det är snart tillräckligt mörkt för Ulf att våga sig ut i mörkret och kylan. Det är i mörkret han kan känna sig säker. Det är i mörkret han vågar krypa fram ur sin håla och ge sig i väg på jakt efter mat. I kväll är siktet inställt på en Circle K- mack någon kilometer längre bort.

41

Där tänker han försöka få tag på något ätbart som varar åtminstone ett par dagar framåt. Butiken är kameraövervakad, men Ulf vet var kamerorna sitter och vet var de döda vinklarna finns. Det är inte första gången han snattar i en butik.

Kapitel 7

Ulf hittar en målarburk och försöker spegla sig i den så gott det går i det blanka locket. Han behöver försäkra sig om att hans kamouflage håller. Han behöver vara hundra procent säker på att ingen kan känna igen honom när han vistas på stan. Håret har förstås ännu inte hunnit växa ut sedan han rakade av allting för några dagar sedan men för säkerhets skull går han över skalpen ännu en gång med rakhyveln. Händerna darrar fortfarande på grund av den ofrivilliga utsättningen av sin medicin. Ulfs kropp är sedan många år tillbaka van att regelbundet få i sig både Stesolid och Stilnoct men även höga doser av den antidepressiva tabletten Lyrica samt Risperdon, som hjälper honom mot hans grava borderline. Han ser på sin förvrängda spegelbild via målarburken att den mustasch han har odlat fram ser helt okej ut. Planen ikväll är att gå in på Circle K-macken och sno någonting att äta och dricka och sedan gå genom skogen en bit tills han kommer fram till sjön Kvännaren som ligger alldeles intill Västervik. Där tänker han, oavsett hur kallt vattnet än är, ta av sig alla kläder och hoppa i och skrubba sig så ren han bara kan. Dessutom tänker han skrubba sina underkläder, t- shirt och strumpor i vattnet och sedan ta med sig dem tillbaka till gömstället och hänga upp på tork. På så sätt hoppas han få bort den

43

värsta stanken från kläderna. Gatlamporna är tända och det är nu så mörkt ute det bara kan bli. Det är dags för Ulf att bege sig ut i kvällsmörkret och göra det han har planerat. Försiktigt klättrar han ut genom det lilla fönstret och hoppar ner i gräset. Han ser sig om ännu en gång och försäkrar sig om att ingen ser honom, sedan skjuter han till fönstret igen och går bort mot cykelvägen som leder i riktning mot bensinmacken. Det är endast några få plusgrader ute och Ulf saknar jacka och han huttrar medan han går längs cykelvägen. Inte sedan han befann sig på anstalten har han varit riktigt varm och den konstanta bristen på värme tär hårt på honom. Lite längre fram skymtar ett villaområde från 80- talet och till höger om honom passerar han en fotbollsplan. Ulf väljer att gå bakom villaområdet via den lilla upptrampade stigen så att risken för upptäckt blir minimal. I alla fönster i husen han passerar lyser lamporna med varmt sken. Nyfiket stannar han till och tittar in i ett av dem. Huset är på 1 ½ plan och rummet han ser in i är köket. Där inne skymtar han en kvinna i trettioårsåldern. Hon ser ut att laga mat. Hennes rygg är vänd bortåt men Ulf kan tydligt se hur hon rör i kastruller och verkar steka någonting. Plötsligt vänder hon på sig och går några steg från spisen, sedan går hon tillbaka igen. Bara någon minut senare kommer två barn springande in i köket och strax därpå kommer en man in. Han går fram till kvinnan och kysser henne och går sedan och sätter sig vid köksbordet tillsammans med barnen, en flicka och en pojke. Barnen skrattar och kvinnan serverar dem något ur en gryta. Ulf hade gjort vad som helst för att vara mannen där inne just nu. Vad som helst för att få en kärleksfull kram eller kanske en kyss av någon man älskar och av någon som älskar en tillbaka. Det är många känslor som rör sig i Ulfs huvud nu. Ögonen blir först glansiga och snart faller tår för tår ner längs hans kinder.

Den sanna kärnfamiljen! De ser så lyckliga ut där inne. Mannen där inne har precis det där som jag själv alltid har önskat – ett hus, en fru och två barn. Man sitter och äter tillsammans, skrattar och har roligt ihop och bara umgås. Det var så jag ville ha det med Moa… eh Mia menar jag. Eller…? Fans helvete!

Ulf dunkar sig själv i pannan med knytnävarna medan tårarna fortsätter flöda ner för kinderna. Han är osäker på vem han menar numera. Moa eller Mia, Mia eller Moa. För honom är de samma tjej. Ibland i alla fall men ibland inte. Han vet inte längre, men han vet i alla fall att han börjar ångra sig. Gråtandes sätter han sig på huk ett par meter utanför tomtgränsen på det hus han står utanför. Om han inte hade mördat Mia Lennersjö så kanske de också hade kunnat sitta i en villa med två barn och äta middag och bara ha det fint tillsammans någon gång i framtiden, precis som familjen han tittar på just nu.

Vilken jävla idiot jag har varit! Vad har jag ställt till med egentligen? Vad tänkte jag med? Inget blev väl bättre av att jag mördade Mia? Nu kommer jag ju aldrig kunna få det perfekta livet, aldrig någonsin! För det finns ju ingen annan tjej som min Mia. Visst, det kändes bra för stunden att få utlopp för min ilska, men mordet gjorde verkligen ingen nytta för mig. Fast, hon var ju så elak mot mig där ute på Måsskär! Hon synade min bluff, avslöjade mig. Hon hittade kortet på familjen som ägde stugan, kortet med en man, en kvinna och en flicka på. Jag visste ju inte vad jag skulle säga när jag tidigare berättat för henne att jag var enda barnet. Om jag ändå kunde ha kommit på någon snabbt att säga, men i stället fick jag panik och slog henne. Efter det fanns det ingen återvändo. Jag skulle kunna ha klarat mig ur den situationen om inte hennes jävla tvillingbror och hans polare hade dykt upp som några jävla tappra riddare och förstört alltihop. Om inte de hade kommit hade jag utan problem kunnat dölja Mias lik där på ön tillsammans med de andra jag grävde ner där, eller så hade jag kanske kunnat få med mig Mia levande därifrån. Jag kunde ha surrat fast hand– och fotlederna på henne och tejpat igen hennes mun. Vi kunde ha flytt i den båt jag tog med mig till Måsskär och åkt därifrån mitt i natten, fortsatt vidare norrut i skärgården och snott någon bil i den sömniga hålan Loftahammar. Därifrån är det inte långt till E22:an. Vi hade varit uppe i Norrland innan det hade hunnit ljusna morgonen därpå och innan polisen hade fått in något tips. Fattar fortfarande inte hur Robins kompis lyckades ta sig loss från stugan. Han borde ha dött där, hur fan lyckades han överleva? Min plan var ju idiotsäker! Fattar inte…

Ulf fortsätter att straffa sig själv genom att slå sig i huvudet upprepade gånger med händerna. Han bankar och slår, bankar och slår. Kinderna blir alldeles röda och tinningarna börjar svullna och det susar kraftigt i öronen av slagen. Han kvider högt av ilska och slår sig allt hårdare. Men ingen vare sig ser eller hör honom. Ett hundratal meter längre bort på andra sidan fotbollsplanen är en man ute och går med sin hund men han märker inte Ulf i den mörka oktoberkvällen. En svag dimma börjar lägga sig som ett lock över fotbollsplanen. Ett hundskall hörs långt borta. Ulf tittar in igen genom fönstret till den lyckliga lilla familjen. De har ätit klart nu. Mamman dukar undan tallrikarna och ställer ner dem i diskmaskinen, barnen hjälper till. Mannen ser ut att säga något till sin fru och hon skrattar till.

Till slut blir det för jobbigt för Ulf att se den lyckliga lilla familjen sitta där inne och ha det mysigt. Han samlar sig, torkar sina tårar och går vidare mot macken som planerat.

Ansiktet är rödmosigt och han tänker inte på kylan längre även om han huttrar medan han vidare går med snabba steg i den allt kallare kvällen. Snart har han det stora villaområdet bakom sig och han går längs Traktorvägen och passerar en bilaffär. Där framme ser han Circle K-macken han snart tänker snatta i. Ännu en gång torkar han bort eventuella tårar han har runt ögonen och längs kinderna för att inte väcka uppmärksamhet. Det dunkar i hans huvud av de slag han nyss gett sig själv men de syns åtminstone inte, tänker han. En epa- traktor med dunkande bas kör sakta förbi honom. Den stannar till framme vid macken. En yngling går ut och tankar medan hans kompis går in i butiken för att handla något.

Ulf är nu framme vid macken. Han slänger ett öga på löpsedlarna utanför och hajar plötsligt till. **"Gymnasie-flickan ännu vid liv"** läser han på Aftonbladets löpsedel. Ulf får en klump i halsen och tittar på nästa löpsedel. **"Hoppet är ännu inte ute för Västerviks-psykopatens senaste offer"** läser han på Västerviks-tidningens löpsedel.

Vad i helvete…? De kan väl ändå inte skriva om Mia? Hon är ju död! Jag dödade ju henne inne på gymnasiets toalett ju. Det måste vara någon annan de skriver om. Eller? Ingen kan väl överleva så många knivhugg som jag utdelade Mia den kvällen? Jag fattar inte…

Ulf bleknar i ansiktet samtidigt som ett band av svettpärlor bildas i hans panna. Han måste få veta mer! Med raska kliv stiger han in i butiken och går fram till tidningarna och rycker åt sig Aftonbladet och börjar ivrigt bläddra i den. Butiksbiträdet blänger surt på honom och är på vippen att säga åt honom att om han ska läsa i tidningen så får han minsann betala för sig först, men hejdar sig när killen i epatraktorn går fram till kassan för att betala. Ulf läser texten på mittuppslaget så snabbt han kan. Han läser att "**den gymnasieelev som tidigare var tillsammans med den så kallade Västervikspsykopaten Ulf Strandmyr är fortfarande vid liv. Enligt läkarna på Linköpings universitetssjukhus är läget fortfarande allvarligt men stabilt. Kvinnan är ännu inte vid medvetande men läkarna är vid gott hopp om att hon ska bli helt återställd. Jakten på...**"

Ulf slänger tidningen på golvet och störtar ut från bensinmacken. Med raska steg går han tillbaka samma väg han kom ifrån. Stegen blir snabbare och snabbare. Till slut börjar han springa. Inte förrän han är ända utanför sitt gömställe stannar han. Flåsande ställer han sig mot väggen och lutar huvudet ner mot marken. Det bränner i lungorna och det snurrar i huvudet på Ulf och han börjar sakta ta in vad han nyss har läst i tidningen. Andhämtningen blir snart lugnare och Ulf börjar le. Han skrattar till och sträcker upp sina händer i luften. Tårar av glädje rinner längs kinderna och han skrattar till lite.

Hon lever! Min Mia lever fortfarande! Min älskade lilla Mia är fortfarande vid liv. Ännu finns hoppet om förlåtelse. Om jag bara kan få träffa henne igen så kan jag säkert få henne att förlåta mig. Jag var dum som förhastade mig lite ute på Måsskär, det vet jag. Om jag bara får chansen att förklara hur jag känner för henne så kanske jag kan bli förlåten. Ännu är det inte för sent att det blir vi två till slut! Jag måste helt enkelt tro på att jag kan bli förlåten för det jag gjorde henne och att hon inser att jag är den rätte killen för henne. Hon har ännu inte vaknat ur sin koma efter alla operationer, tydligen. Stackars lilla gumman. Men hon vaknar snart och då måste jag försöka prata med henne. Försöka övertala henne att vi kan börja om på nytt igen. Kanske uppe i mina gamla hemtrakter någonstans? Men hur ska jag lyckas med att komma i kontakt med henne utan att bli upptäckt?

Det ångar om Ulfs kläder och svetten rinner längs kinderna och ryggen. Han drar i tröjan fram och tillbaka för att svalka sin varma kropp. Han tänker fortfarande fullfölja den plan han hade för kvällen – snatta mat, men framför allt bada och tvätta sina sunkiga kläder. Sakta börjar han gå bort mot Östersjövägen i nordvästlig riktning. Han fortsätter rakt fram i rondellen och går längs Albert Tegnérs väg ända upp till nästa rondell. När han möter några tonåriga tjejer på cykel böjer han ner huvudet för att undvika ögonkontakt samt ändrar sin gångstil till att gå något mer utåt med fötterna, allt för att inte varken se ut som Ulf Strandmyr eller gå som Ulf Strandmyr. Den kalla oktoberkvällen börjar göra sig påmind. Svetten på Ulfs rygg känns blöt och kall och hans öron är kalla precis som fingrarna. Han har bara har en dryg kilometer kvar till sjön och har gått halva sträckan redan. Fågelvägen till sjön Kvännaren hade varit mycket kortare, men han hade då varit tvungen att gå igenom blöt skogsmark och han skulle definitivt blivit dyngsur om skorna. Det ville han absolut inte, därför tar han den väg han nu går på. Dessutom hade han riskerat att gå vilse i mörkret, då han inte helt var bekant med omgivningarna.

Efter att ha gått längs Folkparksvägen ett par hundra meter, svänger han av till vänster in på en mindre asfalterad väg. Vägen blir mörkare och det är glest mellan gatubelysningen. Ulf tänker att om någon skulle se honom nu, en ensam man ute och går själv i oktoberkvällen endast iförd en tröja så skulle man med all sannolikhet bli misstänksam och kanske till och med larma polisen. Invånarna i Västervik lär vara på helspänn i dessa tider, tänker han. Därför låter han sin blick hela tiden svepa så långt fram han kan för att se om han kan upptäcka någon som kommer emot honom. Då och då vänder han sig om för att försäkra sig om att ingen kommer cyklandes bakom honom. Tidningarna uppmanar att aldrig gå själva på kvällarna ute och att alltid vara på sin vakt.

När han har ungefär en halv kilometer kvar ner till sjön hör han en bil bakom honom. Snabbt kliver han in i skogskanten och hukar sig ner. I brådskan trampar han i det leriga diket. Smutsigt vatten skvätter upp på hans byxor. En granruska piskar honom över halsen och han svär för sig själv. När bilen har passerat går han upp på vägen och fortsätter ner till Kvännaren. Sista biten ner från den lilla parkeringsplatsen och ner till sjön är kolsvart men en liten upptrampad stig leder honom rätt. Här är han alldeles för sig själv och han kan för ögonblicket andas ut. Temperaturen hinner falla ytterligare någon grad innan Ulf har tvättat alla sina kläder i den kalla, mörka sjön.

Han har nu skrubbat alla kläder han har med hjälp av sjövatten och sand och vridit ur dem så gott han har kunnat. Även kalsongerna han nu har på sig är tvättade, när han nu så fort han bara förmår, går tillbaka samma väg tillbaka till gömstället på gymnasiet. Det har varit en pina att stå med benen i sjön och skrubba och han har tappat känseln i tårna. Ulf är ordentligt nerkyld och han vet att de kommande timmarna kommer att vara oerhört plågsamma och han har just nu ingen aning om hur han ska lyckas få upp värmen i sin stelfrusna och fuktiga kropp. Dessutom upplever han nu en hunger som han aldrig tidigare har känt förut men han vågar inte gå in i någon affär nu, ifall någon skulle lägga märke till att hans kläder är blöta. När han passerar huset med den familj han tidigare såg sitta och äta mat, får han en idé. Familjens utemöbler står fortfarande kvar under deras altan. De sittdynor och kuddar som finns där skulle kunna duga gott som både liggunderlag och som isolering mot kylan, tänker han. Men han kan inte ta med sig något nu, hur gärna han än vill och hur mycket han än huttrar och skakar. Det är alldeles för riskabelt att smyga sig in på någons tomt så här dags. I stället småspringer han vidare tillbaka till sitt gömställe på gymnasiet och kravlar sig in genom fönstret igen. De två små element som finns i lokalen är inställda på smygvärme. De är så pass varma att man utan problem kan hålla handen på dem. Ulf tar av sig alla sina fuktiga kläder och lägger strumporna och kalsongerna på det ena elementet och t-shirten och byxorna på det andra. Naken står han nu mitt i rummet och tittar på de blöta kläderna som hänger över elementet. Han inser att kalsongerna och stumporna inte kommer att vara torra förrän tidigast i morgon bitti och att tröjorna säkert kommer att ta längre tid, men detta är det enda sättet. Att ha behållit de smutsiga kläderna hade gjort honom värre skada rent psykiskt än att halvt frysa ihjäl, som han gör just nu.

Efter att ha gjort armhävningar i omgångar börjar Ulf få upp värmen i kroppen igen, men tårna och fingrarna är fortfarande stela och kalla. Han öppnar locket på den laptop han har lyckats ta sig in på och ser att klockan inte är tillräckligt mycket för att gå tillbaka till bostadsområdet och sno dynor. Det är för kallt att sitta naken på betonggolvet. I stället börjar han gå fram och tillbaka på den lilla yta som finns i rummet. Tankarna går till Mia Lennersjö. Hans fina, älskade Mia som han en dag tänker bo tillsammans med. Kanske bilda en liten familj och flytta in i en lägenhet. Kanske till ett litet radhus så småningom. Vem vet, kanske blir det även bröllop lite längre fram? Ulf ler när han tänker på framtiden tillsammans med Mia. Hon ska bli hans igen. Han vet inte när. Det får bli när det blir, det enda han vet är att det inte finns något annat alternativ. Det ska bli de två igen. Hon kommer att förlåta honom för allt han har ställt till med, det är han säker på. Bara han får förklara, får be om förlåtelse, får visa henne sin charmiga sida igen. Naken och huttrande står mördaren Ulf Strandmyr alldeles ensam i gymnasiets lagerlokal och fnissar för sig själv när han tänker på hans och Mias framtid tillsammans.

Kapitel 8

Ånge, 1999

Efter att alla barnen har ätit mellanmål är det dags att gå ut en stund. De flesta barnen på Vildhallonets dagis klarar att klä på sig själva, men några av dem får hjälp av de två fröknarna som kämpar febrilt med att få på både skor och galonbyxor. Ella ropar att hon är kissnödig och Maggan svarar med behärskad ton att hon kommer strax. Ulf Strandmyr kan få på sig sina kläder själv men han är saktfärdig av sig och brukar alltid bli kvar bland de sista. Fröken Eva snörper som vanligt på munnen när hon står böjd över honom och drar över galonbyxornas resårband över gummistövlarna.

– Så där, Ulf. Nu kan du gå ut till de andra barnen en stund. Jag och Maggan kommer ut strax och leker med er, vi ska bara ta en kopp kaffe först, säger Eva och öppnar dörren åt honom. Den kyliga vårmorgonens luft slår emot honom när han går ut genom dörren. Borta vid fotbollsplanen är redan leken i gång. Som vanligt är det Andreas och Sebastians röster som hörs högst och det är ingen tvekan om vilka som bestämmer på planen. Borta vid det långa hopprepet som är fastknuten i ena änden i en stupränna, står nästan alla tjejerna på kö för att hoppa.

Tydligen är det Erikas tur att snurra på hopprepet. I alla fall tills fröknarna kommer ut. Även Moa står i kön. Moa är den som Ulf alltid först letar reda på. Moa med det långa blonda håret. Hon är en av få personer som hejar på honom på morgnarna när han kommer till dagiset. Hon är en av få som ens lägger märke till honom över huvud taget. De bor på samma gata och har känt varandra så länge Ulf kan minnas. Även om de inte brukar leka så ofta när de är på dagis så är hon ändå hans enda trygghet där. Dessutom är hon klart sötast av alla tjejerna och han brukar titta på henne i smyg så mycket han kan utan att hon märker något.

Som vanligt känner sig Ulf ensam och utanför på rasterna. Fotboll är tråkigt och att hänga med tjejerna och hoppa hopprep är töntigt. I stället går han som vanligt runt och sparkar på småsten och ristar i marken med pinnar för sig själv tills rasten är slut och fröknarna ropar på dem att det är dags att gå in. Ibland gungar han på någon av gungorna om de är lediga.

På andra sidan den lilla fotbollsplanen ser han hur Adrian och Jesper verkar hålla på med något på marken borta där gräset övergår till brant slänt med höga träd. De böjer sig över någonting som verkar finnas på marken framför dem, men Ulf ser inte vad det är. Han blir nyfiken och rör sig sakta bort mot dem för att se vad de håller på med. Medan han går, söker han ögonkontakt med Moa men hon är fullt upptagen med att hoppa hopprep. Försiktigt närmar sig Ulf Adrian och Jesper och stannar till på behörigt avstånd. Han vågar inte fråga vad de har hittat på marken som verkar så intressant. Plötsligt får Jesper, den asiatiske pojken, syn på honom. Ulf ryggar tillbaka och är nära att springa därifrån när han plötsligt hör hur Jesper ropar åt honom.

– Ulf! Kom hit så ska du få se på något! ropar han. Först tvekar han om han ska låtsas som om han inte hörde Jesper, men nyfikenheten tar överhanden.

– Vad är det?

– Kolla vad vi har hittat! ropar Jesper exalterat. Med försiktiga steg närmar sig Ulf de andra pojkarna. När han kommer fram ser han att det ligger någonting på marken mellan dem. Någonting som rör sig. Någonting litet.

– Vi har hittat en fågelunge! Den låg bara här på backen. Undra var hans mamma är någonstans, säger Adrian och stirrar på den lilla blåmesungen.

– Oj! utbrister Ulf och stirrar med stora ögon på den lilla krabaten. Han ser hur den lilla näbben öppnar och stänger sig gång på gång och den verkar kippa efter andan. De smala små benen kravlar mot gruset under honom. Ena vingen hänger ner mer än den andra och den ser skadad ut. Den har ännu inte fått några fjädrar på sin rosa lilla kropp och kan omöjligt ta sig därifrån. Tjugotalet meter ovanför dem flyger ungens mamma oroligt fram och tillbaka, men det är ingenting som barnen märker. Blåmesungen har olyckligt nog ramlat ut från sitt bo och rullat ner på dagisets område. Jesper håller en pinne i handen och petar försiktigt på den. Ett svagt pip hörs från den lille hjälplöse krabaten och Ulf ger till ett högt flämt. Jesper vänder sig om mot Ulf och flinar.

– Vad är det med dig? Är du skraj eller? Tål du inte höra lite fågelskrik ens, Ulf? Eller är du ett mongo? flinar han.

– Nä, men…

– Men vaddå? säger Adrian ilsket och blänger på honom. Ulf hatar att bli kallad för mongo. Det brukade han bli förut, när han försökte spela fotboll med de andra pojkarna. Men hans bollsinne är totalt värdelöst och han brukade allt som oftast missa bollen när han försökte sparka på dem. Alla brukade skratta åt honom när han missade bollen och de ropade glåpord åt honom medan han moloket lunkade i väg från planen. Det hemska ordet ekade i huvudet i timmar efteråt på honom. "Mongo". Han hatade det. Även tjejerna skrattade åt honom och ropade "mongo". Alla utom Moa.

– Vad är det Ulf? Gillar du inte när fågeln piper? Eller när jag petar på den? säger Adrian och petar lite till på fågeln så att den piper förtvivlat. Ulf tittar på fågeln som förgäves försöker komma på fötter igen. Den krafsar förtvivlat med vingarna för att kunna resa på sig, men det går inte för den ena vingen är av och hänger slappt ner mot gruset. Ulf kan inte göra annat än se på hur den kämpar och kämpar. Han har inte långt till gråt nu och han stirrar på fågelungen som bara fortsätter att pipa.

– Ulf, du får tjugo spänn om du trampar på den. Kom igen, visa nu att du inte är något mongo! hetsar Jesper. Grabbarna på fotbollsplanen har nu uppfattat att det är någonting i görningen borta hos Adrian och Jesper och några av dem går nyfiket dit. Snart står det tiotalet pojkar samlade runt den skadade fågelungen.

– Jag är inget mongo, snyftar Ulf.

– Jo det är du visst. Men om du vill bevisa att du inte är det, så trampar du ihjäl fågeln nu! säger Adrian. Nu har även tjejerna anslutit sig till pojkarna. De står tysta i en halvcirkel runt Ulf och fågelungen. Ulfs puls blir allt högre och han andas häftigt.

– Om du bara trampar på fågeln så lovar jag att ingen kommer att kalla dig för mongo något mer, eller hur?!

säger Jesper och ser på de övriga runtomkring honom. Ett svagt sorl hörs bland barnen.

– Vi lovar, säger Andreas, och de andra mumlar instämmande. Ulf sväljer hårt och växlar blicken mellan fågelungen och alla barn som står runtomkring honom och stirrar. Hjärtat slår nu ännu hårdare på honom och han känner hur pulsen dunkar i tinningarna.

– Kom igen nu Ulf! Du får tjugo spänn och så kommer vi aldrig mer kalla dig för mongo igen! säger Adrian och flinar ännu bredare. Ulf försöker se om fröknarna har kommit ut ännu men han kan inte se dem. Sakta börjar Jesper klappa i händerna i takt. Först tyst och sakta men sedan allt snabbare och högre.

– Mongo! Mongo! Mongo!

De flesta börjar stämma in i handklappningen och glåporden blir allt högre.

– Mongo! Mongo! Mongo!

Förtvivlat ser Ulf sig om ännu en gång efter fröknarna men de syns fortfarande inte till. Åh, vad han önskade att fröknarna var här nu! Han ser att även Moa står bland publiken, men hon varken klappar händerna eller säger något, bara stirrar allvarligt på honom.

– Jag… jag är inget mongo, säger Ulf tyst och harklar sig.

– Va? Vad säger du Ulf? Eller var det Mongo du heter? undrar Jesper och flinar och tittar på Adrian.

Plötsligt blir blicken svart i Ulfs ögon. Han blänger ilsket på Jesper samtidigt som han snabbt torkar bort en tår från kinden. Andningen är snabb och hård.

– Jag är inget mongo! skriker han samtidigt som han höjer sitt högra ben så högt han kan och sedan stampar hårt på den lilla fågeln som ligger alldeles hjälplös på gruset.

– Dö! Dö! Dö din jävla fågeljävel, dö!!! skriker plötsligt han så högt han kan.

Ett tydligt kras hörs under hans sko. Det är som om tusen ton sten lättar från hans bröst när han känner fågeln under skosulan. Ett sorl går genom barnen. Han lyfter foten ännu en gång och stampar till igen. Sedan igen och igen. Allt som nu finns kvar är blött kladd från något som nyss var en skadad men ändå levande liten fågelunge. Endorfinerna sprutar runt i Ulfs kropp och han gråter inte längre, han njuter. Han fortsätter att stampa i sörjan så det skvätter upp på byxbenet medan han ler ondskefullt. Gång på gång fortsätter han att stampa tills han blir alldeles andfådd. Det går inte längre ens antyda att det kladdiga på gruset nyss var en liten fågel. Till slut slutar han och reser blicken mot de andra medan han flåsar kraftigt. Ingen säger ett ord, de bara stirrar på honom. Adrian, som nyss hade suttit på huk bredvid fågeln, reser sig sakta upp och skakar på huvudet. Han ser förskräckt ut.

– Fan vad sjuk du är…

Några av flickorna gråter häftigt medan de springer därifrån. En av flickorna kräks bredvid en rutschkana. Hanna P springer in för att hämta fröknarna. Pojkarna mumlar något tyst för sig själva och går tillbaka mot fotbollsplanen. Kvar står Ulf med ena foten kvar på fågelslamsorna och försöker hämta andan igen.

– Jag är inget mongo, säger han tyst för sig själv och torkar bort ännu en tår från sin kind. Han inser att han nyss har avslutat en levande varelses liv, men han känner ingen ånger. Endast en eufori och ett kraftigt adrenalinpåslag. En konstig känsla av lycka han aldrig känt förut.

Kapitel 9

När Robin kommer ner i köket på morgonen sitter redan Conny där. Han är så djupt nersjunken i sina tankar att han knappt märker Robin.

– God morgon.

– God morgon, muttrar Conny men lyfter inte blicken från kaffemuggen som han håller med båda händerna som om han var rädd att den skulle flyga i väg.

– Ska inte du jobba? säger Robin och häller upp kaffe till sig själv och sätter sig mittemot sin pappa.

– Jag tror att polisen letar på fel ställen, säger han utan att svara på Robins fråga.

– På fel ställen? Varför tror du det? De håller ju på att finkamma hela Västervik och i skogarna runtomkring. Strandmyr kan inte ha hunnit så långt. Polisen har ju till och med hittat en plats i skogarna bakom motorstadion där Strandmyr har hållit till efter rymningen från Kumla. För mig verkar som om de är honom på spåren. Jag tror att de tar honom vilken dag som helst, säger Robin självsäkert och sörplar på det varma kaffet. Nu som först tittar Conny upp på honom. Blicken är hård, men Robin anar även en viss rädsla i den med.

– Men tänk om polisen har fel? Jag tror att Strandmyr är en riktigt smart jävel och jag tror att han kan fortsätta hålla på att lura polisen ett bra tag till. Inte fan är han kvar här i krokarna i Västervik heller, om han vet att halva Sveriges snutkår letar efter honom?

– Nä, det vore väl kanske dumt. Men var tror du han är någonstans då? Har han åkt upp till Ånge igen? Han är ju uppvuxen där, säger Robin.

– Jag undrar det... Polisen är säkert där uppe redan och snokar, suckar Conny.

– Men... om du hade varit honom, Strandmyr alltså, var hade du gömt dig då för att inte polisen skulle ha upptäckt dig?

Conny dröjer med svaret. Tar sakta upp muggen och sörplar på kaffet och ställer sakta ner koppen igen.

– Jag hade nog gömt mig där polisen minst av allt tror att jag skulle gömma mig, svarar han och ser sammanbitet på Robin.

– Och var är det någonstans då?

– Bra fråga. Om jag hade varit riktigt iskall så hade jag nog hållit mig kvar här i stan. Om jag bara hade ett bra gömställe så är det ju perfekt, för polisens sökområde lär ju bara vidgas mer och mer och till slut så lär de inte leta här i Västervik längre och då kan man ju börja slappna av, säger Conny fundersamt. Robin nickar.

– Ja, är man riktigt jäkla iskall så gör man nog så. Men det är också väldigt riskabelt. Men vart skulle polisen absolut inte leta någonstans?

– I hans gamla lägenhet. Fast polisen lär ha bytt lås på den vid det här laget och Ulf borde inte ha en chans att ta sig in dit nu. Eller gymnasiet någonstans. Där finns det gott om utrymmen att gömma sig på. Polisen har ju såklart redan finkammat varenda vrå där. Det gjorde de ju redan samma kväll som... som han attackerade Mia. Dessutom är

60

byggnaden larmad och de teatergrupper och andra som hade aktivitet på skolan om kvällarna har blivit tvungna att hitta någon annanstans att hålla till, just för att de vill ha gymnasiet larmat, fortsätter Robin. Conny ser ut att fundera på någonting, får en rynka mellan ögonbrynen, öppnar munnen för att säga någon men ångrar sig.

– Vad är det? Vad tänker du på? undrar Robin.

– Äh, vet inte. Men jag ger mig fan på att han är kvar i stan. Jag har tagit ledigt från jobbet denna vecka och nästa. Fixar inte att jobba när allt är som det är. För mycket tankar i huvudet. Oro för Mia och frustration över var den där jävla Strandmyr är någonstans. Jag är rädd att han kanske ger sig på någon annan i vår familj. Man vet ju inte alls när det gäller honom! Jag blir inte lugn förrän han är bakom lås och bom igen. Eller död, säger Conny med irritation i rösten.

– Jag fattar det. Känner likadant, suckar Robin.

– Hur går det för dig annars? Fixar du skolan? undrar Conny som med ens får dåligt samvete för att han bara vräker ur sig sina egna känslor i stället för att undra hur hans son mår.

– Jadå det går väl okej. Man får ju många blickar på sig i skolan men det är få som vågar komma fram och säga något.

Robin reser sig från bordet och går och brer ett par smörgåsar och vispar ner lite oboj–pulver i ett glas.

– Du ska veta att det är helt okej om du vill vara hemma några dagar. Det är verkligen en tuff tid för alla i familjen nu, säger Conny och vänder sig bakåt mot Robin.

– Det är lugnt, det går bra. Om jag är i skolan så grubblar jag inte lika mycket på det som hänt. Men jag och Lalla snackar såklart en del om det som hänt och om Strandmyr.

Lalla behöver ju också prata av sig en del. Den stackaren har ju blivit utsatt för Ulf med. Han var ju nära att omkomma i lågorna i den där kojan som Ulf tuttade på. Han lider ju fortfarande av brännskadorna på låren och jag vet att han inhalerar någonting för att det ska bli lättare att andas. Jag tror det är sådan där astmamedicin.

– Fy fan vad den där jävla Ulf har ställt till med. En kula i pannan, det är vad han förtjänar.

– De kommer nog att hitta honom snart. Det går inte att flyga under radarn hur länge som helst utan att bli upptäckt. Förr eller senare gör han ett misstag som leder till ett gripande. Jag måste göra mig i ordning nu så jag hinner till skolan, säger Robin och reser på sig.

Fyrtio minuter senare sitter Conny fortfarande kvar i köket och sörplar på sin tredje kopp kaffe. Ritva är sjukskriven och sover fortfarande. Robin och Lisa har åkt till skolan. Djupt försjunken sitter han och funderar på vad han själv kan göra för att få tag på Strandmyr. Förmodligen inte ett skit, tänker han först. Men ändrar sig.

Sitta här och tycka synd om sig själv och alla andra hjälper ingenting. Det kan väl inte göra något om jag också letar efter fanskapet? Ingen utomstående behöver få veta. Jag måste hjälpa till att leta efter honom. Får Mias skull. Och för oss andras skull. Så vi någon gång kan få ro i sinnet innan vi går under. Det har gått några dagar nu sedan Mia knivskars och polisen lär knappast vara kvar i hans lägenhet och rota. Men har de letat hos hans grannar? Såklart de har, men har de frågat ut dem ordentligt? Kanske inte. De kanske inte har ställt de rätta frågorna. Tänk om de vet någonting om Strandmyr som kan vara till nytta?

Conny ställer bort sin mugg på diskbänken, går upp för trappan och smyger in till sovrummet och tar ut sina kläder. Han ser på Ritva. Hon sover fortfarande trots att klockan närmar sig nio men låter henne sova vidare. Chansen att någon av Ulfs grannar har något vettigt att komma med är liten men han måste åtminstone försöka. När han låser upp cykeln vid cykelstället utanför huset sneglar han ut mot gatan. Lite längre ner står den bil som stått där sedan några dagar tillbaka. Det sitter alltid någon i bilen. Personerna varierar men bilen är alltid bemannad och Conny vet att det är en spanare från polisen som sitter där. Han upptäckte dem först för ett par dagar sedan, trots att han vetat att de haft beskydd längre än så. Han cyklar fram till bilen och knackar på rutan. Mannen i bilen blir ställd men vevar ner rutan och ser frågande på honom.

– Du behöver inte följa efter mig, jag ska bara handla lite. Ritva är inne i huset och sover fortfarande, så det är bättre du stannar kvar här i stället, säger Conny och cyklar vidare utan att vänta på svar från civilaren. Det tar inte mer än fyra minuter att cykla till Markörgatan där Ulf Strandmyr bodde. På samma adress fast på våningen under Ulfs lägenhet bor Ulrik Holmlund, den slemmige 60-årige läraren på gymnasiet, har Robin berättat. Naturligtvis har polisen redan förhört den gamle läraren om Strandmyr, men Conny tänker ändå göra ett försök. Det ekar när han öppnar porten till trapphuset. Till vänster innanför porten står en blå barnvagn av märket Emmaljunga och ovanför den finns den inglasade namnskylten med alla inneboende i trappuppgången. Strandmyrs namn står fortfarande kvar som boende på tredje våningen. När Conny ringer på dörren hos Ulrik känner han hur han flåsar lätt. Han vet inte om det beror på de trappsteg han nyss gick eller om det är av nervositet. Han har aldrig gjort någonting sådant här innan. För ett ögonblick funderar han på om han kanske ändå ska låta polisen sköta sitt jobb själva. Just när han ska till att ringa på en andra gång, går det upp för honom att Ulrik naturligtvis är i gymnasiet och jobbar. Han slår sig för pannan och grymtar till åt hans egen dumhet. Dörren bakom honom öppnas plötsligt och en äldre dam i gissningsvis 80–årsåldern sticker ut huvudet.

– Ulrik är inte hemma, säger hon surt.

– Nä, jag kom på det precis. Han jobbar väl, säger Conny och känner sig en aning dum. I samma sekund kommer han på att han lika gärna kunde fråga tanten några frågor om Strandmyr.

– Är du från polisen? frågar hon nyfiket och synar Conny uppifrån och ner.

– Öh, nej det är jag inte. Jag heter…

– Vänta! Jag känner igen dig! Du är pappan till hon som blev knivskuren, säger tanten och tar sig för munnen.

– Precis. Det är jag som är pappa till Mia, säger han med dämpad röst och tittar ner i backen.

– Hur är det med flickstackaren? Har hon fått komma hem från sjukhuset än?

– Nä, inte ännu. Men hon hennes värden verkar fortsatt vara stabila, säger läkarna.

– Men det var ju skönt att höra. Jag tänker på henne. Och på den där hemske killen som bodde här under mig. Usch, vilka typer det finns! Han som verkade vara så trevlig, säger hon om rynkar på ögonbrynen. Conny ser sin chans och passar på.

– Ehh, när jag ändå är här, skulle jag kunna få fråga er om Ulf?

– Ja… visst det går väl bra. Vill du komma in kanske? Det är väl dumt att stå här i trappuppgången och prata, säger hon och öppnar upp sin dörr lite till.

– Gärna!

Innan Conny stiger in hinner han läsa att det stod "Forsell" på namnskylten på dörren. Det doftar gammalt och något unket känner han direkt när han kliver innanför dörren. En grå långhårig katt kommer fram och stryker sig mot hans ben.

– Ursäkta, jag uppfattade inte ert namn? sa Conny.

– Anita Forsell, säger hon och räcker fram sin skrynkliga lilla hand.

– Vi kan väl sätta oss vid köksbordet? Vill du ha kaffe? Jag tror att jag har en skvätt kvar som fortfarande är varm, säger hon och sträcker sig för att öppna den övre skåpsluckan. Conny var absolut inte sugen på en fjärde kopp så här tidigt på förmiddagen, men tänker att han kanske kan luska fram mer information om han sitter ner en stund över en kopp kaffe.

– En halv kopp då i så fall, säger han och sätter sig ner.

– Det är inte ofta man får mansfrämmat nuförtiden, säger hon och ler.

– Bor ni här själv? undrar han. Anita nickar och ställer fram två koppar på bordet.

– Min man dog –87 i cancer. Alldeles för tidigt. Vi bodde i ett litet hus bara några kvarter härifrån, suckar hon och viftar med handen mot fönstret.

– Beklagar.

– Äh, det var så länge sedan nu. Jag klarar mig riktigt bra själv här, säger hon och viftar med handen i luften. Conny tar en klunk av det alldeles för starka kaffet och funderar på hur hans mage kommer reagera om några timmar efter allt blask han har hällt i sig.

– Just ja, pojken som bodde nedanför var det ja. Ulf Strand…?

– Strandmyr, fyller Conny i.

– Så hette han ja! Kunde man aldrig tro om honom. Att han skulle vara sån, menar jag. Springa runt och ha ihjäl folk! Man vågar ju inte gå ut längre knappt. Vilken tur att din flicka klarade sig i alla fall, säger hon om lägger sin hand omsorgsfullt på hans.

– Nä, han är verkligen en otäck man. Det kunde man inte ens föreställa sig i sin vildaste fantasi när Mia presenterade honom för oss första gången. Han var så trevlig och artig och hade ett charmigt uttryck, måste jag säga. Väldigt välvårdat utseende. Man brukar ju se på folks bilar tycker jag. Om de har en välvårdad bil så brukar de vårda det mesta, fortsätter Conny.

– Och honom släppte jag in i min lägenhet när inte jag var hemma. Gud, vad jag ångrar mig nu. Men jag har kontrollerat allt matsilver och mina smycken och allt ligger kvar.

– Varför släppte du in honom? undrar Conny.

– För att jag tog bilen till min syster i Blomstermåla en dag när hon var sjuk och då frågade jag Ulf om han kunde tänka sig att ge katten lite mat på eftermiddagen. Och det var ju inga problem. Gamla Missy är ju van att få sitt blötfoder vid tretiden, förstår du. Han hade till och med vattnat blommorna, trots att jag inte hade bett honom. Jag har en tendens till att glömma bort mina kära blommor nu för tiden förstår du, säger Anita och pekar mot sin tinning.

– Vattnade han dina blommor? upprepar Conny förvånat. Anita nickar glatt.

– Tänkte du någonsin på hur han pratade?

– Hur menar du då?

– För oss pratade han med Stockholmsdialekt och hävdade att han var ifrån Stockholm, men i själva verket var han norrlänning och kom från en liten ort som heter Ånge. Av någon anledning ljög han om sin hemort.

– Stockholm? Det hörde jag aldrig. Visst hörde jag att han var norrlänning. Vi brukade prata en del om hans uppväxt. Hans far var tydligen verkstadsarbetare och mamman var hårfrisörska. Ulf flyttade ner hit för att bo närmare sin kära syster, Moa har jag för mig hon hette, säger Anita och rynkar på ögonbrynen.

Vad i helvete! Ulf verkar ha ett annat beteende när han träffade Anita. Byter dialekt och talar om sina föräldrar. Men ljuger om att han har en syster som heter Moa som ska bo här. Det där med föräldrarna kanske stämmer, det har jag ingen aning om, men det kvittar. Moa var ju i själva verket den flicka han var kär i som barn som han olyckligtvis råkade brännskada ihjäl på dagis. Frågan är om han tror själv på vad han säger eller om han medvetet hittar på saker?

– Anita, Ulf flyttade inte ner hit till Västervik för sin systers skull. Jag vet inte ens om han har någon syster. Han flyttade hit för att han hittade en tjej på Facebook som han tyckte liknade sin barndomsförälskelse och den flickan är min dotter, suckar Conny och ser på den gamla tanten med sorgsen blick.

– Nämen oj! Det visste jag inte. Men varför dödade han andra personer här i stan? Någon stackars pojke i gymnasiet och någon kvinna i min ålder, har jag för mig?

– Bra fråga. Jag vet inte vad hans motiv för de morden var. Jag vet bara att Strandmyr är en mycket sjuk människa och han måste hittas och buras in snarast, innan fler människor kommer till skada. Anita, jag förstår att polisen har varit här och ställt en massa frågor till dig, men jag undrar ändå om det är någonting som du kanske har missat att berätta om Strandmyr, någonting som kan ge några ledtrådar om vart han kan tänkas gömma sig? frågar Conny med så lugn ton han bara kan, för han vill inte att den gamla tanten ska bli upprörd av hans besök. Anitas underläpp börjar skaka lite och han förstår att detta börjar bli jobbigt för henne.

– Några fler ledtrådar? Jag vet inte vad det skulle kunna vara, säger hon och tar en mun på kaffet. Det står ett fat med kakor på köksbordet som ser ut att vara hembakta, men hon har glömt att säga varsågod. Conny sneglar på dem men nöjer sig med kaffe tills vidare.

– Vad pratade ni om när ni träffades?

– Vi träffades inte alls särskilt ofta. Det var mest några artiga fraser i trappuppgången ibland. Men jag minns att han visade mig ett foto på sig själv och sin syster när de var små. De bodde tydligen lite utanför någon stad. De var så söta. Ulf höll i ett metspö och flickan hade sådana där uppblåsbara puffar man har på armarna när man inte kan simma ännu, du vet? Något annat särskilt han berättade kan jag inte komma på, säger Anita. Hennes blick fastnar på kakfatet och hon spärrar upp sina ögon.

– Nämen ursäkta! Här sitter jag och pratar och glömmer bort kakorna. Varsågod och ta för dig, jag bakade dem igår. Det är riktigt smör i, säger hon stolt och skjuter fram kakfatet mot Conny.

– Tack, men det är bra för mig. Jag ska inte störa dig längre. Tack för kaffet och för pratstunden, säger Conny och reser på sig. Magen börjar bubbla och han förstår att han överskridit sin dagskonsumtion av kaffe för länge sedan.

På vägen hem cyklar Conny förbi Coop och handlar det nödvändigaste. Några i affären blänger på honom och han förstår att de känner till att han är far till ett av offren till Västervikspsykopaten. När han kommer hem är Ritva vaken. Hon sitter i köket i sin morgonrock och sminkar sig.

– Där är du ju. Undrade just var du tog vägen, säger hon och ler trött.

– Har varit på en liten cykeltur bara. Kunde inte låta bli att luska lite om Strandmyr med hans grannar. Jag hade tänkt prata med den där äldre läraren som bor i samma hus, men han jobbar ju nu så klart. Men jag träffade en äldre tant som tydligen hade pratat lite med Ulf, säger Conny och sparkar av sig skorna och går in och sätter sig mittemot Ritva.

– Okej? säger hon och väntar på att Conny ska fortsätta.

– Av någon anledning så ändrade han sin dialekt till sin ursprungsdialekt när han pratade med tanten.

– Nämen! Vad märkligt.

– Verkligen. Inför oss så har han ju alltid påstått att han kommer ifrån Stockholm och har haft stockholmsdialekt men tanten påstod att han pratade bred och tydlig norrländska och hymlade inte med att han kommer ifrån Ånge. Dessutom berättade han för henne om sin barndom. Han till och med visade något kort på sig själv och en kompis när han var liten. Kompisen på kortet var enligt honom hans syster, som han kallade för Moa.

– Moa? säger Ritva och hajar till.

– Precis. Han påstod att hans syster hette Moa. Men det är bara det att han inte ska ha någon syster, enligt vad polisen har berättat. Och Moa var ju den tjejen som omkom så tragiskt, säger Conny.

– Så antingen så hittar han bara på och ljög för tanten eller…

– Eller så vet han inte själv vad som är sanning eller lögn, fyller Conny i.

– Fick du reda på något mer? undrar Ritva och vrider sig otåligt på stolen.

– Nä. Jag visste inte riktigt vad jag skulle fråga om. Man är ju ingen polis direkt, suckar han och tittar ut genom fönstret.

Dagen flyter långsamt på. Under eftermiddagen får Ritva samtal från Mia. Hon låter piggare för varje dag som går tycker hon, men Mia berättar att hon ännu inte vet något datum då hon får komma hem. Hon berättar vidare att dagarna uppe i Linköping går långsamt och att hon har det tråkigt. Maten är god men att aptiten är dålig fortfarande. Alla sår verkar läka enligt plan men hon har fortfarande svårt att röra på sig och hon har ständigt ont. De smärtstillande tabletterna gör henne dåsig och ibland illamående och hon har svårt att sova.

När klockan närmar sig tre på eftermiddagen går Conny bort till gymnasiet för att möta upp Robin. Han brukar göra det de dagar Robin inte följer med flickvännen Stina hem efter skolan. Dessutom tycker han det känns tryggt att inte låta honom ta sig hem själv, för det finns hela tiden en oro inom honom att Strandmyr även är på jakt inte bara efter hans dotter, utan även hans son.

Kapitel 10

Juånäset, Ånge kommun 2001

Det är lördag eftermiddag och Ulf Strandmyrs styvpappa Lennart sitter som vanligt och kollar på fotboll på tv:n. Han har redan hunnit dricka upp tre starköl. Det är hans favoritlag, Tottenham, som har hemmamatch och Ulfs mamma Kristina vankar oroligt av och an ute i köket. Hon vet hur sådana här eftermiddagar brukar sluta. När Tottenham spelar så innebär det alltid extra många starköl och högre skrik och rop än vanliga lördagseftermiddagar. Om det blir förlust för favoritlaget så blir Lennart våldsam. Om laget vinner så blir hon alltid medtvingad in till sovrummet, vare sig hon vill eller inte. Inifrån vardagsrummet hörs det högljudda rap och svordomar. Andra halvlek har just börjat och Lennart har precis satt sig ner efter att ha varit på toaletten. Han svär en ramsa precis när han satt sig ner.

– Äh, satans jävla helvete. Kristina! Kan jag få en bärs till, jag glömde ta med en från köket! ropar han och rapar en lång och hög rap. Han får inget svar och blir genast irriterad.

71

– Kristina, för helvete! Hör du illa? Ge mig en öl sa jag! skriker han ännu högre. Kristina kommer inspringande med en Norrlands Guld.

– Jag kommer. Jag satt på dass när du ropade, svarar hon nervöst och räcker fram ölen. Hon försöker komma på någonting att säga för att hålla honom på ett så lugnt och bra humör som möjligt.

– Går det bra för Tottenham? undrar hon försiktigt.

– De leder med 2–0. Det ser du väl för fan? Det står ju där uppe i rutan, är du blind?! ryter Lennart, sliter åt sig ölen och öppnar den.

– Ja ja, jag bara undrade, säger hon och lunkar i väg ut mot köket igen. En kvart senare är det dags igen för en öl till, tycker Lennart och skriker på Kristina. Hon skyndar sig in med ölen samtidigt som hon passar på att plocka undan de tomma burkarna. Lennart sliter tag om hennes midja och drar henne mot sig så att hon faller tillbaka i hans knä.

– Fy fan du, älskling! Vinner Tottenham i kväll så blir det fest! säger han och skrattar uppskruvat. Varsamt bänder hon sig loss och ler tillgjort mot honom och går därifrån igen.

Ulf har fram tills nu varit i sitt rum och lekt med smurfar men har ledsnat. Han hör hur hans pappa blir alltmer högljudd där ute i vardagsrummet och han anar att kvällen kommer att bli obehaglig, precis som de flesta andra lördagskvällar hemma hos familjen Strandmyr. Den där oron i magen börjar växa sig allt starkare och Ulf är redan nu torr i munnen av oro. Han försöker koppla bort sin oro genom att leka med sitt modellflygplan som står på skrivbordet. Det är ett litet plan som föreställer en Spitfire från andra världskriget, som han och Lennart satte ihop förra året. Han fick det i julklapp, tillsammans med små färgburkar som han kunde måla planet med. Ulf tar upp planet i sin hand och låtsasflyger med det i luften. Med vinande ljud låter han planet flyga runt i sitt rum. Efter ett par varv går han ut i hallen och flyger längs korridoren. Han låtsas att det är krig och att planet skjuter ner fienden långt där nere på marken.

– Ratatatatata!! ropar han och låter planet göra en djupdykning längs hallgolvet och in i vardagsrummet i stora vida rörelser.

– Kan du leka med det där jävla planet någon annanstans! skriker Lennart irriterat.

– Ulf, kom in till mig i köket och lek här i stället. Du kan hjälpa mig att baka kladdkaka, säger Kristina och stänger köksdörren.

– Kladdkaka! Ja, det vill jag baka! säger Ulf glatt och lägger ifrån sig flygplanet. Han hjälper glatt till att plocka fram formar och ingredienser. När Kristina precis har stoppat in kladdkakan i ugnen kommer Lennart in i köket. Med vingliga ben skyndar han fram till kylskåpet och plockar ut två Norrlands Guld till. Kristina trycker Ulf närmare intill sig och ser oroligt på sin man. Hon funderar på om hon ska säga någonting men beslutar sig för att hålla tyst och vänta tills Lennart går ut till tv:n igen.

– Jävla Liverpool, de har kvitterat de jävlarna, muttrar han och lämnar köket. Kristina drar en tyst suck av lättnad över att Lennart inte började bråka den här gången. Hon vet att han kan gå i gång på minsta lilla när matchen inte går som han vill. Efter en stund är kladdkakan klar och Kristina ställer den mitt på köksbordet. Hon häller upp ett varsitt glas med mjölk åt henne och Ulf och funderar på om hon bör gå in med en bit kladdkaka till Lennart eller inte. Efter en stunds övervägande väljer hon att gå in med en bit till honom i vardagsrummet. Innan hon går in funderar hon på om det finns något som han kan irritera sig på, om kladdkakan är för varm, om hon kommer in vid fel tidpunkt eller om han kanske inte är sugen på kladdkaka. Men hon tror inte att det finns någonting som han borde kunna reta sig på den här gången. Försiktigt smyger hon in i vardagsrummet och konstaterar snabbt att de båda ölburkarna som Lennart hämtade för bara en liten stund sedan redan verkar vara uppdruckna. Hon ser att han nu är rejält berusad. Huvudet vinglar lätt fram och tillbaka och han sitter nerhasad i fåtöljen. Med ena handen plockar hon upp de två ölburkarna och sätter sedan ner kladdkakan på bordet framför honom med den andra.

– Varsågod, Ulf och jag har bakat, säger hon tyst.

– Men vad fan! Kan man inte ens få en ledig lördagseftermiddag i lugn och ro? Måste du komma in hit och störa hela tiden?! skriker han och ger henne en hård knuff i ryggen. En tom ölburk åker i golvet och hon böjer sig ner för att plocka upp den.

– Förlåt då. Jag ville bara vara snäll, säger hon med gråten i halsen. Samtidigt gör Liverpool mål och Lennart skriker högt.

– Satans jävla helvete! Förbannade Liverpool! Till råga på allt så kommer du in hit och stör! Förbannade kärringjävel! Du betyder ju bara otur när du är här inne! skriker han och slänger en ölburk på henne.

– Vaddå vara snäll?! Vill du vara snäll, säger du? Ta då upp de här jävla burkarna och stick härifrån! skriker Lennart och kastar en oöppnad burk rätt i ryggen på henne. Hon flämtar till av smärta när den träffar hårt på hennes revben.

– Vad i helvete piper du om, kvinna? Klarar du inte av att hålla käften när jag ber dig? Va?! Ska det vara så jävla svårt att knipa igen sin trut när jag säger till dig?

– Förlåt, jag ska gå! säger hon och går mot köket medan hon hukar sig. Domaren blåser av matchen, som slutar med 4–3 till Liverpool.

– Jaså, nu passar det att gå?! När matchen är över? Men innan sprang du in hit som ett jävla mongo?! skriker Lennart och reser på sig. Han vinglar till och tar stöd med armen mot bordet men kommer snabbt upp på benen. Blicken är ofokuserad och stirrig.

– Jag ska fan lära dig hur man håller käft och lyder sin man, mumlar han och går med snabba kliv mot Kristina, som inte hinner stänga köksdörren om sig som skydd. Han sparkar upp köksdörren och knuffar Kristina med full kraft så att hon faller mot golvet. Ulf sitter tyst vid köksbordet och stirrar på honom. Han vågar inte röra sig ur fläcken. Helst av allt vill han bara skrika åt sin pappa att låta bli, men han vågar inte. När Kristina landar på golvet tar hon emot sig med handen men får sedan hela kroppstyngden över armen. Någonting knakar i handleden och hon skriker högt.

– Vad fan skriker du för? Ska det vara så jävla svårt att hålla käft? Springa in med massa jävla kladdkaka och skit när jag är upptagen? Om jag vill ha något så säger jag till, fattar du väl? Jag ska fan lära dig vad som gäller här hemma! ryter Lennart och drar upp henne från golvet. Kristina skriker igen och Lennart lägger sin hand över hennes mun för att tysta henne. Det blir för mycket för Ulf att se på och skriker reflexmässigt åt sin pappa.

– Sluta pappa! Mamma har ont!

– Sköt du ditt, ditt förbannade mongo! Mamma och jag ska prata allvar en stund. Kristina vet vad som kommer att hända de närmaste minuterna och hon vill inte att Ulf ska se på. Hon vrider på huvudet flera gånger och böjer sig bakåt så att hans hand inte kan täcka munnen.

– Ulf! Spring in på ditt rum och starta skivspelaren! Stanna där tills jag kommer! skriker hon med tårfyllda ögon och skräck i blicken. Strax därpå släpar Lennart in henne till deras sovrum och en kraftig lavett utdelas. Ulf märker att han har kissat på sig av rädsla. Han springer in på sitt rum och sätter genast på cd–skivan som sitter i. Tonerna av Giuseppe Verdis storverk La Traviata klingar långsamt ut genom högtalarna. Mitt på golvet står nu Ulf och blundar hårt. Byxorna är blöta av kiss, men det bryr han sig inte om. Han vet vad som försiggår på andra sidan väggen men försöker dölja de hemska ljuden så mycket det går genom att hålla för öronen och försöka koncentrera sig på musiken i stället. Kristina låter alltid en skiva med klassisk musik sitta i cd–spelaren som Ulf snabbt kan sätta på när Lennart blir våldsam. Lugna vågor från stråkarna av Verdis vackra stycke får Ulf att hålla sig någorlunda lugn. Då och då hörs trots musiken, hårda slag från Lennarts hand och skrik från Kristina. Tårar rinner sakta ner längs Ulfs kinder och golvet under honom är blött av kiss.

Kapitel 11

Det är kväll och Ulf Strandmyr ligger på golvet i ett av Västerviks gymnasiums förråd. Utrymmet är kallt så här i mitten på oktober men han fryser inte längre. För ett par nätter sedan var han ute och snodde de stolsdynor han hade upptäckt i ett villaområde i samband med att han gick till sjön Kvännaren för att bada och tvätta sina smutsiga kläder. Under sig har en ett par stolsdynor som madrass och som täcke har han en matta som han lagt över sig. De senaste dygnen har han haft extremt svårt att koppla av. Vetskapen av att Mia Lennersjö fortfarande är vid liv och finns på universitetssjukhuset i Linköping har fått hans hjärna att fullständigt bubbla av tankar. Planen är att lämna lokalen som varit hans gömställe och bege sig till Linköping. Han känner att han på något sätt måste få med sig Mia ut från sjukhuset, men han vet inte hur. Inte än. När han har fått med sig henne därifrån ska de fly i väg tillsammans där ingen kan hitta dem. Han har idéer vart någonstans, men han måste förbereda sig först. Det är mycket som måste klaffa innan hans plan går i lås och det är många saker han måste hinna med att förbereda. Han vet att tiden är knapp om han ska hinna få med henne från sjukhuset innan hon blir hemskickad därifrån. För skulle han vara för sent ute skulle det bli nästintill omöjligt att kidnappa henne i hennes hem i Västervik.

Elva dagar senare parkerar Ulf bilen några hundra meter ifrån Glyttinge Camping i Linköping. Bilen stal han i ett bostadsområde i Västervik sent en natt. Glyttinge Camping är en fin året runt– camping som ligger endast fem kilometer från Linköpings centrum. Så här års är campingen relativt öde. Ulfs plan är att försöka hitta någon uppställd husvagn som verkar vara tom och bryta sig in där och bo där några nätter utan att bli upptäckt. Det är tidigt på kvällen men ändå mörkt ute. Han lämnar bilen och går mot campingens baksida. Han hittar ett litet buskage som växer precis utanför staketet och sätter sig på huk bakom den för att leta efter eventuell aktivitet på inne på området. Den stora campingen är nästintill tömd på husvagnar och husbilar men några få finns fortfarande uppställda. I närheten vid ett av servicehusen står fyra stora Kabehusvagnar och en Polar uppställda. Samtliga har dörrarna ställda så att det är omöjligt att bryta sig in utan att det varken skulle höras eller synas. Det lyser svagt gult ljus i tre av dem och han misstänker att det är folk i dem. Det är kallt och han drar in händerna i ärmarna för att värma sig. Efter en stund ser han hur en medelålders kvinna öppnar dörren på en utav Kabevagnarna och går mot servicehuset. Ulf funderar snabbt över sina alternativ. Idén om att försöka bo i någon övergiven husvagn måste han nog glömma och han svär för sig själv, men får en ny idé.

Det kan gå vägen. Om jag bara hinner fram innan kärringen kommer tillbaka ut från servicehuset. Det håller inte att försöka hålla sig fräsch i en iskall bil om jag ska försöka nästla mig in på sjukhuset.

Den sköna värmen från bilen han nyss suttit i är borta. Det blåser kyliga vindar vid campingen och Ulf huttrar medan han tar sig in på området. Han ser sig omkring. Inga andra personer verkar vara ute så här dags. Den lilla butik som finns ca femtio meter från servicehuset är nersläckt och han är osäker på om den ens har öppet så här års. Mellan honom och servicebyggnaden är en öppen gräsyta och han tvivlar på att någon skulle se honom från långt håll då utebelysningen är dålig. Med snabba steg förflyttar han sig i riktning mot byggnaden. Han går och ställer sig runt hörnet och inväntar kvinnan. Därifrån han står ser han inte husvagnarna. Han passar på att rätta till sin klädsel så att han ser så anständig ut som möjligt. En toalett spolar inifrån byggnaden och Ulf går och ställer sig ett par meter från dörren. Dörren öppnas och han går medvetet rakt in i kvinnan med en duns. Hon flämtar till högt och blir rädd.

– Oj ursäkta! säger Ulf, som nästan får kvinnan att ramla.

– Oh! Vad rädd jag blev! säger kvinnan högt och ser rädd ut. Hon tar sig för bröstet och andas häftigt.

– Det var inte meningen att skrämmas. Jag är son till ägarna av campingen och hjälper till lite här ibland, säger Ulf och klistrar på sin charm.

– Du kanske har träffat Stig, min pappa? fortsätter Ulf. Kvinnan rynkar på pannan och skakar frågande på honom.

– Nä, jag har inte träffat honom. Jaså du jobbar här, då förstår jag, säger hon med en suck av lättnad i rösten.

– Men då ska väl jag fortsätta med mitt då. God kväll! säger Ulf och går vidare och ler mot kvinnan. Efter tjugotalet meter sneglar han försiktigt bakåt och ser hur hon är framme vid sin husvagn. Hon har stannat upp och ställt sin handväska på marken och ser ut att leta efter något. Ulf förstår att hon letar efter passerkortet som ger tillträde till servicehuset där duscharna och toaletterna finns, men hon kommer inte att hitta det. Kortet lyckades nämligen Ulf sno åt sig under tiden de kolliderade. Med ett nöjt leende försvinner han vidare in bland mörkret och bort mot den bil han har snott. Han räknar med att kvinnan inte kommer att misstänka honom. Snarare såg hon ut att falla för hans charm och utseende. Säkerligen tror hon att hon har tappat kortet inne på servicehuset och kommer kontakta receptionen i morgon och kvittera ut ett nytt kort. Men nu har Ulf någonstans att ta sig en varm, ordentlig dusch de närmaste dagarna. Han går upp till bilen igen och startar i gång den för att få upp lite värme i sin kropp igen. Medan han sitter där med passerkortet till campingen i handen fortsätter han smida sina planer.

Kapitel 12

Juånäset utanför Ånge, 2005.

Det är juli och Ulf Strandmyr har sommarlov. Han och hans föräldrar bor i en nergången stuga i stugområdet i Juånäset utanför Ånge. Han är tolv år och det bästa han vet är att fånga grodyngel och meta abborre för sig själv nere vid sjön. Han brukar fiska ensam, men han har ingenting emot det. Det händer att han cyklar över till någon klasskamrat då och då och frågar om de ska leka, men de brukar aldrig vilja vara med honom. Sedan den där dagen med incidenten med fågelungen när han gick på dagis har inga barn velat vara hans kompis. Vid det här laget var han van vid att klasskamraterna höll sig en bit ifrån honom när de möttes i korridoren i skolan och han var van vid att de tisslade och tasslade om honom. Ibland ropade de glåpord som "mongo" och "fågelmördaren" efter honom, men han försöker att inte bry sig om vad de säger, även om det är svårt.

Idag är Ulf nervös. Hans styvpappa Lennart har sagt att han ska lära honom simma nere vid bryggan idag. "Det är på tiden att du lär dig simma nån jävla gång, du har ju för fan fyllt tolv" hade han sagt till Ulf. Ulf var inte direkt rädd för vatten och han gillade att vada runt vid bryggan och kolla på småspigg, men han hade aldrig gillat att doppa huvudet under vattnet. Inte heller hade han någon aning om hur man simmade. Han hade försökt några gånger på egen hand att ta några simtag med armar och ben, men så fort munnen råkade hamna lite under ytan så fick han panik och satte ner benen på botten igen.

Luften är sval denna lördagsförmiddag och vattnet i Holmsjön ligger på måttliga nitton grader. Men Lennart bryr sig inte om vad det är för temperatur, han har bestämt sig för att lära Ulf att simma idag. Oavsett väder. De går med raska steg de fem hundra meterna det är mellan deras stuga och den allmänna badplatsen. Ulf är redan ombytt till badbyxor. Över axlarna har han en badhandduk om sig. Lennart verkar på gott humör denna dag. Antagligen på grund av att han planerar att tillbringa eftermiddagen framför TV:n och kolla på fotboll och dricka starköl.

– Du vet, när jag var grabb så var jag en jävel på att simma. Fanns ingen i hela skolan som slog mig på 100 meter frisim. Har jag visat dig mina simmärken? undrar Lennart.

– Ja jag har sett dem.

– De är jag stolt över! Ryggsim kunde jag med. Tror jag vann ett par medaljer i det med, skröt han glatt.

– Mmm.

– Hur många simmärken har du?

– Ingen, svarade Ulf med låg ton.

– Nä, just det! Men det ska vi nog fan ändra på. Du måste ju för fan lära dig simma! Det är ju inte bara viktigt att kunna. Ifall du trillar ifrån en brygga eller kliver igenom en vak, till exempel. Simning är en fin sport. Tänk om du kunde göra farsan stolt och vinna några medaljer i skolan. Det, du! flinar Lennart.

Du är inte min riktiga pappa, du är bara en elak gubbe som super och slår min mamma. Jag önskar att mamma aldrig hade gift sig med dig.

– Jag ska försöka. Men det är inte så lätt... muttrar Ulf. Lennart stannar plötsligt till på grusvägen och blänger på honom.

– Vaddå inte så lätt?! Du har ju för fan inte ens försökt ordentligt

– Jo det har jag... säger Ulf tyst och fortsätter gå längs vägen.

– Jaså du, när då? Inte när jag har sett i alla fall, säger Lennart surt och ökar takten. När de kommer fram till badplatsen är två av Ulfs klasskamrater redan där och Ulf börjar få ångest. De har gått ut på bryggan till det lilla hopptornet. Den ene killen, Tommy, petar på den andre och pekar bort mot Ulf och hans pappa.

– Kolla, där kommer mongo–Uffe och hans farsa!

– Shh, för fan! Inte så högt så han farsa hör. Du ska inte reta upp honom, morsan säger att han är helt dum i huvudet. Det sägs att han ger både Uffe och Uffes morsa stryk titt som tätt, säger den andre klasskamraten. Ulf tycker det är pinsamt att de ska behöva se på när hans pappa försöker lära honom att simma, men det vågar han inte tala om för Lennart.

– Så, hoppa i och doppa dig nu och vada ut tills du når magen, beordrar Lennart och går ut och ställer sig på bryggan. Ulf slänger handduken i gräset och vadar ut. Han sneglar bort mot de andra grabbarna, men de verkar inte göra någon notis om Ulf, än mindre försöka hälsa på honom. Om Ulf hade fått bestämma så hade han varit hemma idag och läst en bok i hammocken på baksidan eller målat på modellflygplan, men när Lennart har bestämt sig för en sak så blir det så.

– Nu gör du så här med armarna och försöker ta några simtag, ropar Lennart från bryggan och gestikulerar med armarna. Ulf sneglar bort mot hopptornet och ser att de båda klasskamraterna nu fnissar åt honom. Ulf rodnar men försöka göra som Lennart säger. När vattnet stänker upp i ansiktet kommer lite in i munnen och Ulf spottar och avbryter försöket och ställer sig på botten.

– Men för fan! grymtar Lennart bortifrån bryggan.

– Gör ett nytt försök! Skärp till dig nu! ropar han argt. Ulf spottar igen och gör sig redo och försöker ta ett simtag med händerna. Den här gången går det bättre. Efter fyra simtag ropar Lennart igen.

– Bra! Och så benen med, du ska ju för fan inte gå med benen på botten begriper du väl! ryter han. Men när Ulf försöker ta simtag med benen så åker huvudet halvt under vattnet så att näsan hamnar under vattenytan. Han avbryter, ställer sig på botten och hostar upp vattnet från kallsupen.

– Vad i helvete håller du på med! Kom hit! skriker Lennart ursinnigt från bryggan. Ulf vadar bort till Lennart med sänkt blick, livrädd för vad som ska hända nu. Lennart tar av sig träskorna och hoppar ner i vattnet från bryggan. Han greppar tag om Ulfs nacke och trycker ner honom under vattenytan. Sedan tar han snabbt upp huvudet igen och doppar hans huvud ytterligare några gånger.

– Vad är det som är så jävla läskigt med vatten? Titta här, upp och ner, upp och ner! skriker han medan han trycker ner Ulfs huvud under ytan upprepade gånger.

– Nu har du haft hela ditt jävla huvud under vattnet flera gånger och inte fan dog du av det? Eller?! skriker Lennart.

Men Ulf kan inte svara, utan hostar och spottar ut allt vatten han råkade svälja.

– Sluta, stopp! skriker han. Klasskamraterna har stannat upp i sin lek och stirrar skärrat på Ulf och Lennart.

– Har du hostat klart nu så du kan fortsätta träna, eller tänker du mesa dig som en jävla fjolla nåt mer? skriker Lennart.

– Jag ska, hostar Ulf. Lennart släpper taget om nacken och Ulf backar med darrande kropp undan någon meter och förbereder sig igen för att ta ett simtag. Han sneglar på de andra grabbarna som står tysta och iakttar honom. Ulf skäms som en hund men vågar inget annat än att försöka igen. Men inte heller den här gången lyckas han. När huvudet kommer under vattenytan så får han panik och avbryter försöket i ren reflex. Lennart skakar på huvudet och kliar sig på hakan.

– Kom hit! Befaller han. Ulf vågar inget annat utan vadar bort till Lennart och förväntar sig en örfil, men det kommer ingen. I stället pekar han på de andra grabbarna och blänger ilsket på Ulf.

– Ser du de där grabbarna där borta? De ser ut att vara i din ålder och de kan både simma och hoppa från hopptornet. Men inte du! Vad i helvete är du rädd för? Vad är det för fel på dig?

– V–vet inte… stammar Ulf och ser ner vattnet.

– Nä. Men nåt jävla fel på dig är det ju, det är ju uppenbart. Och det märks att du inte är släkt med mig i alla fall. Kristinas och hennes jävla ex–pojkväns avkomma är du. Jag träffade aldrig den idioten, men det måste ju ha varit en riktig jävla loser. Egentligen borde du fan inte få kalla mig för pappa, men din mamma insisterar på att du ska få göra det, så var bara tacksam, fnyser han och kliver upp på bryggan igen. Men jag ska nog fan få dig att simma innan jag är klar med dig.

– Kom med upp på bryggan! befaller han. De går vidare ut på bryggan och bort mot hopptornet. Klasskamraterna vågar inte vara kvar utan går in till stranden. Lennart och Ulf stannar till precis vid stegen som finns bredvid hopptornet.

– Här ute är det över tre meter djupt. Vad gör du om du skulle trilla i här? frågar Lennart och blänger på Ulf.

– Vet inte, mumlar han och viker ner blicken. Solen går i moln och han börjar huttra.

– Vet inte?! Jo man simmar! skriker Lennart och gör yviga rörelser med armarna hur man gör ett simtag.

– Du kan inte låta din rädsla för vatten hindra dig. På så här djupt vatten har du inget annat val än att ta ordentliga simtag tills du når bryggan igen. Annars dör du, begriper du väl. Hoppa i vattnet nu. Nu får du fan visa vad det är för virke i dig.

– Men, men jag kan inte hoppa i här! får Ulf fram och ser livrädd ut.

– Du, säg aldrig de orden "kan inte" igen! Hoppa i med dig nu.

– Nej! Jag vill inte! flämtar Ulf och skakar kraftigt på huvudet och håller händerna tätt om sin taniga kropp. Men Lennart bryr sig inte om vad Ulf säger utan knuffar i honom i vattnet. Hela Ulfs kropp hamnar en bra bit under ytan. Händerna sprattlar och bildar massvis av bubblor vid vattenytan. Till slut lyckas han få huvudet över ytan igen och drar djupt efter andan. Men lika snabbt sjunker han ner igen.

– Skjut ifrån med simtag med fötterna! ropar Lennart och stirrar ner i vattnet efter honom. Det dröjer innan Ulf kommer upp till ytan.

– Simtag med armar och ben! ropar Lennart igen, men inget händer.

– Va fan, muttrar Lennart och lägger sig på mage på bryggan, stoppar ner armarna i vattnet och försöker fiska tag på Ulf. Ett ögonblick senare börjar det bubbla på vattenytan igen och Lennart drar upp Ulf och för honom till badstegen. Han hostar och skriker om vartannat och klättrar med skakiga ben upp för stegen. Han är blå om läpparna och ser skräckslaget på Lennart, som bara skakar på huvudet.

– Varför i helvete gör du inte som jag säger? Du tar ju inga simtag! Varför tar du inga simtag för?! skriker han.

– Jag försöker ju, men det går inte, svarar han och hostar upp ännu mer vatten.

– Vad är det som inte går?! skriker Lennart och spärrar upp ögonen. Ulf börjar gråta och försöker gå förbi Lennart på bryggan, men Lennart stoppar honom med armen.

– Stopp, stopp, stopp! Vad ska du ta vägen? Vi är inte klara än.

– Snälla, jag vill inte mer! bönfaller Ulf och fortsätter gråta.

– Jag skiter fullständigt i vad du vill. Innan vi går härifrån idag så ska du fan ha lärt dig simma! ryter Lennart.

Två timmar senare går Ulf på stappliga ben bredvid Lennart på väg hem längs grusvägen. Han fryser så han skakar och han är blek och blå om läpparna. Den blöta handduken ligger över axlarna. Inombords så brinner han av ilska. Om han kunde så skulle han döda Lennart. Kanske hålla hans huvud nertryckt under vattnet tills han drunknade. Det fanns ingen han hatade så mycket som

Lennart just nu. I över två timmar drillade han honom att lära sig simma. Till slut lärde han sig visserligen, men Ulf lovade sig själv två saker denna dag. Nummer ett: Han ska aldrig någonsin simma mer. Nummer två: Någon gång, så snart han får möjlighet, så ska han döda Lennart.

Kapitel 13

Strax efter klockan nio på förmiddagen kliver Ulf Strandmyr in i Södra Entrén på Universitetssjukhuset i Linköping. Han är nyduschad och har rakat huvudet noggrant, ansat till sin mustasch och ögonbryn. Utseendet är totalt förändrat och det finns knappt inga likheter på den bild av honom som syns i tidningarna. Förmodligen kommer knappt ens Mia känna igen honom, tänker han. På orienteringstavlan till höger försöker han ta reda på vart någonstans Mia kan tänkas befinna sig. Efter att ha gått igenom en uppsjö av olika avdelningar lyckas han sålla bort de flesta, såsom BB, Öron–Näsa–Hals, Ortopedi, Barnkirurgi med flera. När han står och funderar som bäst på om det kan vara Hjärtintensivvårdavdelningen, Uppvakningsavdelningen eller möjligtvis Kärlkirurg–mottagningen, slår det honom vad han har läst om i tidningarna. Där har han läst att Västervikspsykopatens offer vaktas dygnet runt av polis, vilket borde innebära att en polis bör finnas i närheten av det rum som Mia befinner sig i.

Just det ja, så var det ja. Min älskling är bevakad av en snut. Jag får helt enkelt gå runt och leta om jag ser någon som sitter utanför en korridor. Borde bara vara en tidsfråga innan jag hittar honom. Såvida snuten inte är civilklädd förstås. Men jag behöver komma riktigt nära henne, ända in till rummet. Det skulle ju kunna vara så att endast personal kommer in på vissa avdelningar.

Under de närmaste två timmarna går Ulf runt på det enorma sjukhuset och letar efter platser där Mia kan tänkas befinna sig. Till slut får han syn på en städskrubb som står på glänt borta vid Målpunkt K.

En städerska står tjugotalet längre bort och tömmer en papperskorg. Hon är en liten knubbig asiatiska som står och pratar i sin mobil samtidigt som hon häller ut innehållet från papperskorgen i sopsäcken på sin städvagn. Han passar på att slinka in i skrubben för att se om det är någonting där inne som han kan dra nytta av. Bakom dörren hänger städerskans privata kläder. Snabbt känner han igenom fickorna, hittar en plånbok som han öppnar och stoppar på sig den 200- lapp som ligger där. På nyckelknippan som hänger i byxorna ser han ett passerkort som han stoppar i fickan. Försiktigt tittar han ut genom dörren och bort mot städerskan. Hon syns inte längre till. Han går in i skrubben igen och ögnar igenom de vita hyllplanen. Förutom diverse skurmedel, handdukar och toalettrullar hittar han några uppsättningar av vad han tror är sjuksköterskekläder. Tjugo sekunder senare är han på väg bort från korridoren. I plastpåsen ligger dubbla uppsättningar arbetskläder. I brådskan hann han inte se vilken storlek som kläderna var men hoppas att någon av byxorna och skjortan ska passa hans långa kropp. Inne på en toalett byter han om och upptäcker att överdelen passar bra men att byxorna är för korta. Han ser sig i spegeln och rör på benen och inser att byxbenen kommer att fladdra när han går. Han löser detta genom att hasa ner byxorna en bra bit. Det känns obekvämt och konstigt men överdelen döljer den låga midjan, så att ingen kommer märka något. Ulf ser sig återigen i spegeln och känner sig nöjd, men samtidigt får han ett pirr i magen. Om han går ut genom dörren och ut i sjukhuset nu så är han sjuksköterska och skulle i princip kunna gå in hos vilken patient som helst utan att någon skulle ifrågasätta honom. Samtidigt så skulle någon kunna be honom om olika sysslor som de räknar med att han klarar av. Vilket han naturligtvis inte skulle kunna. Hans bluff skulle lätt kunna bli avslöjad om han bara fick fel fråga från någon. Hur skulle han hantera den situationen in så fall? Vilken slags bortförklaring skulle han då dra för att inte bli avslöjad? Det hade han såklart tänkt på innan, men skulle han kunna lyckas lura den personal ifråga som konfronterade honom? Ännu en gång pirrade det till i magen på honom vid denna tanke. De kläder som passade sämst trycker han ner i soppåsen och lägger lite papper över för att dölja. Med sina privata kläder nedstoppade i en plastpåse som han håller i handen öppnar han toalettdörren och går ut. Nu gäller det bara att fortsätta leta efter avdelningen och rummet där Mia befinner sig i.

Conny sitter i sin Audi A6 på väg upp till sjukhuset i Linköping. Han börjar tröttna på de långa bilturerna till Linköping nu och hoppas att doktorn snart ger Mia klartecken att komma hem. Det är med en bekymrad min som Conny närmar sig Linköping. Han är tacksam att hans dotter återhämtar sig för varje dag som går, även om det är lång tid kvar tills hon blir återställd. Men hans stora dilemma är mannen som orsakade allt elände och gjorde så att hans dotter nästan dog, Ulf Strandmyr. Västervikspsykopaten som stack en kniv i Mia flera gånger och lämnade henne helt kallblodigt att dö inne på en av gymnasiets toaletter. Mardrömmen är inte över än. Inte förrän Strandmyr sitter bakom lås och bom igen. Allra helst vill han att Strandmyr ska dö. Lite grann skäms han över sin tanke, men den är ärlig. Han vill verkligen inte att den mannen ska leva något mer, för han litar inte på att han håller sig i fängelset om han hittas igen. Strandmyr har redan rymt därifrån en gång och han kan säkert göra det igen, tänker Conny. Allt som oftast vaknar han alldeles kallsvettig efter en dröm om att Ulf Strandmyr står bredvid honom vid sängen och håller en livlös Mia i armarna och säger "Jag hittade henne, hon är min nu." I drömmen ler Ulf på ett så där trevligt sätt som han gjorde förr, när han fortfarande var tillsammans med Mia och de var hemma på Sjöviksvägen. Men efter ett par sekunder ändras leendet till att bli elakt. Hela ansiktet förvrängs och han liknar mer och mer den där clownen i filmen "Det" samtidigt som det droppar blod ur Mias mun. Conny vet inte hur många gånger han har haft samma dröm de senaste två veckorna, men varje gång vaknar han och skriker rakt ut. Stackars Ritva blir lika livrädd varje gång det inträffar. Han tycker synd om henne att hon blir skrämd på detta vis och han funderar på att börja sova i gästrummet i stället. Men bara en tid framöver, tills mardrömmarna försvinner.

När han kommer fram till den stora sjukhusparkeringen letar han en stund efter en lämplig plats att parkera sin kära Audi A6 på. Det är fullt på den parkering där han brukar ställa sig. Han svär högt i bilen och kör vidare till nästa ställe. Helst vill han parkera så att ena sidan är fri, så att inga andra bilar kan ställa sig bredvid och eventuellt smälla upp bildörren i hans sida. Till slut hittar han en lämplig plats en bra bit från entrén, låser bilen och går bort mot sjukhuset. Där innanför möts han som vanligt av ett myller av folk. Som vanligt har han hållit andan några sekunder precis när han passerar entrédörren på grund av alla som står och röker precis utanför, vilket man egentligen inte får men han antar att dessa män med utländskt ursprung inte kan läsa förbudsskyltarna. I så fall är de förlåtna. Eller så skiter de helt enkelt i dem, resonerar han. Medan har går längs den breda korridoren möts han av mammor med snoriga barn, äldre män i rullstol som skjutsas av sköterskor, gipsade ungdomar. Han ser irriterade och stressade män som gestikulerar ivrigt vid informationsluckan och tonåringar som står och kramas och han tänker att hela sjukhuset är som en enda liten ministad. Varje gång han går här slås han av hur mycket skit det finns här i världen som alla doktorer och sköterskor måste stå ut med varje dag. Han beundrar verkligen dem för deras slit. Till slut kommer han fram till rummet där Mia ligger. Som vanligt finns alltid en civilklädd polis i närheten av hennes dörr. Polisen är diskret och sitter inte precis utanför dörren på en stol i uniform, som man ser i amerikanska filmer. De första gångerna när Conny hälsade på sin dotter var han tvungen att legitimera sig, men nu nickade bara polisen åt honom som om att det var okej att bara gå in. När han stiger in i rummet möts han av Mias varma leende och med ens glömmer han bort hur lång och tråkig bilfärden upp hit var.

– Hej pappa! säger Mia sömnigt och försöker hasa sig upp från sin liggande position. Hon grimaserar lätt när det spänner och ömmar i såren på magen. Det gör ondare än vad hon vill visa inför sin pappa.

– Hej gumman! Vänta så ska jag hjälpa dig, säger Conny
och skyndar fram och hjälper henne med att stoppa en
extra kudde bakom ryggen på henne. Därefter ger han
henne en lång kram.

– Jag väckte dig väl inte nu hoppas jag?

– Nädå, jag bara vilade mig lite. Inte så mycket annat att
göra här.

– Nä, förstår det. Tur du har en mobil att titta i åtminstone.

– Jo, annars hade det blivit outhärdligt. Inte kan man resa
sig själv och inte kan man gå på toaletten själv. Bara ligga i
denna himla säng och glo, suckar hon uppgivet.

– Ja men du lever i alla fall, säger Conny och kan inte
undvika tåren som han precis hinner torka undan innan
den rinner ner för kinden. Mia ler mot honom.

– Du är så känslig, pappa säger hon och fattar hans hand.

– Hur är det med er annars? undrar hon.

– Jo men det är bara bra. Robin kämpar på i skolan och
med mamma är det bra tycker jag, ljuger han. Conny tycker
inte Mia behöver veta att Ritva är som ett gråtande
nervvrak just nu. Han vill att hon i stället ska koncentrera
sig på sin rehabilitering.

– Är det säkert att mamma mår bra? sist jag pratade med
henne så lät hon så spänd.

– Hon är väl okej. Men hon tänker ju såklart mycket på allt
som har hänt och vi allihop undrar ju såklart vad
Strandmyr håller hus någonstans. Vi blir ju inte lugna
förrän han hittas, såklart. Så är det ju… Men du kan känna
dig trygg här, det finns en civilklädd polis här utanför, men
det vet du ju redan.

– Börje ja. Han är jättetrevlig. Jag har pratat med honom
ett par gånger. Jag vinkar till honom ibland om han ser mig

när sköterskorna öppnar dörren hit in, säger Mia och Conny ler något överdrivet.

– Vad sägs om lite elvakaffe? frågar han och ser med så där stora frågande ögon som bara han gör när han är på rätt humör.

– Kaffe låter bra! Har du lust att gå ner till cafeterian och hämta lite åt oss?

– Jag tänkte jag kunde sätta dig i en rullstol och ta med dig dit ner. Du behöver komma ut från detta rum lite, ler Conny. Mia skakar långsamt på huvudet med ett snett leende.

– Tyvärr. Jag får inte lämna avdelningen. Polisens order, suckar hon.

– Ajdå. Ja det är väl klart… men kan vi gå ut och sätta oss på avdelningens allrum?

– Ja det går bra så länge vi meddelar Börje, säger Mia.

– Men vad bra! Jag ber en sköterska hjälpa dig upp i en rullstol och ut till allrummet så går jag ner till cafeterian och hämtar lite fika, säger Conny som redan börjat gå. Medan den breda dörren sakta går igen ser Mia hur hennes pappa pekar och gestikulerar till polisen utanför. Hon förstår att han förklarar att han och hon ska sätta sig i allrummet en stund.

Kapitel 14

23 augusti 2011.

Klockan är strax efter åtta på kvällen och Ulf Strandmyr sitter på en buss på väg söderut till Livregementet i Karlsborg, K3. Den ljumma sensommarkvällens sista ljusstrålar har försvunnit bakom den täta skogen utanför fönstret. Förutom Ulf sitter det ett fyrtiotal nervösa tonåriga grabbar på väg till sin militärtjänstgöring. Ingen av dem har den minsta aning om vad som kommer att vänta dem, men alla har de genom kompisar, fäder eller bröder hört historier om livet i det militära. Även Ulf.

"Du kommer att få marschera timmar i sträck, du kommer få blåsor på fötterna som är stora som femkronor, befälen kommer att skrika på dig så du skiter ner dig, du kommer inte få sova en blund på flera dygn den första tiden, du kommer vilja ringa hem och böla efter ett par dagar", och så vidare.

Ulf tänker tillbaka på dagarna innan mönstringen något år tidigare. Han styvpappa hade gjort narr av honom redan innan mönstringen, nästan hotade honom.

"Du behöver tuffa till dig så det blir en riktig karl av dig! Inte fan ska du bli nån jävla halvdan fjolla som kommer att leva på bidrag av staten och leva ungkarlsliv på grund av att du inte har stake nog att kunna skaffa dig ett fruntimmer. Nä, se till att du

gör bra ifrån dig på mönstringen så att du får någonting vettigt ut av din militärtjänstgöring. Det är väl det minsta man kan förvänta sig av dig."

Orden ekade fortfarande i Ulfs huvud. "inte bli nån halvdan fjolla". Ulf hade gjort så bra han bara kunde på mönstringen nere i Kristianstad, han vågade inget annat. Och det hade gått bra dessutom. Han fick en militärtjänstgöring som gruppchef på 2:a plutonen på Jägarbataljonen på K3 i Karlsborg. Tio månaders militärtjänstgöring. Ulf visste inte innan vad alternativen hade varit. Hade han bara gjort lite sämre ifrån sig hade de kanske gett honom sju och en halv månader i stället. Men rädslan för att göra dåligt ifrån sig så tog han ut sig så mycket han kunde på den där jäkla cykeln och på förhöret inne hos psykologen nämnde han aldrig någonting om varken traumat på dagis med hans barndomskärlek Moa som omkom i branden, eller om hans tvångsförflyttning till ett annat dagis efter incidenten med fågelungen. Inte heller alla de gånger han tvingades gå in på sitt rum och lyssna på hög musik, så han inte skulle höra hur hans pappa slog hans mamma sönder och samman hemma i Ånge. I stället hade han bara spelat cool och svarat på frågorna såsom han trodde psykologen skulle vilja höra av en "bra soldatkandidat." Pappa Lennart skulle bli stolt, tänkte Ulf. Vilket han också blev när han fick höra att hans son skulle bli antagen som gruppchef på ett stort regemente. Aldrig hade väl Ulf känt sig så uppskattad av sin far som när han fick ett rejält handslag och ett stolt leende som täckte hela ansiktet. Äntligen skulle han kunna göra sin pappa stolt och han kunde inte påminna sig om när det hade hänt senast. Men mönstringen var för ett år sedan. Nu satt han i en buss full med fullkomligt okända grabbar på väg till okänd mark och han började ångra att han hade gjort sitt yttersta på mönstringen. Kanske han hade sluppit lumpen helt om han bara hade berättat om sin barndom? Eller om han hade vägrat hålla i det där låtsasvapnet som de bad honom hålla i, för "för att se om han var höger eller vänsterhänt?" Där och då fattade inte Ulf att de bara var ute efter att se om han var pacifist eller inte. Ulf såg sig försiktigt om i bussen. En del grabbar satt tillbakalutade och verkade sova, en del satt och pratade med personen bredvid dem. När de klev på bussen hemma i Ånge hade det satt sig en ettrig, spinkig grabb som var väldigt nyfiken på Ulf och vad han trodde om det kommande året i Karlsborg, men Ulf hade bara svarat ytterst kortfattat på ett par frågor och med ens hade grabben förstått att Ulf var fel person att föra en trevlig dialog med. Ulf var varken en social eller talför person, men kunde absolut växla till en helt annan personlighet och spela både trevlig och tillmötesgående om det bara gagnade honom. Men i det här fallet kände han ingen som helst anledning till det. Dessutom var han nervös. Han hade ingen aning om vad som väntade honom eller vad som krävdes av honom och det gjorde honom väldigt orolig.

Det första mötet med befälen samma kväll blev en chock. Det började med att ett långt befäl äntrade bussen så fort den hade stannat innanför murarna, strax bredvid kyrkan som ligger i mitten av den 678 meter långa fästningen. Han skrek åt tonåringarna att komma av bussen "fort utav bara helvete och ställa upp på linje framför bussen." Ulf som bara någon kvart tidigare äntligen hade somnat, for upp med ett ryck och började gå mot utgången. De första sekunderna trodde han att han befann sig hemma i sitt rum och att det var Lennart som skrek åt honom, men snart kom verkligheten i kapp och han kände genast ångesten som en molande klump i magen medan han irrade ut framför bussen i den kyliga augustikvällen. Resten av kvällen var relativt lugn. De blev förvisade till sina respektive logement, dit de fick springa så fort de bara kunde med sin packning i händerna. Strax efter midnatt var det nästan helt tyst. Befälen hade sedan länge lämnat dem för natten och den information de hade fått var som bortblåst. Det enda som hade etsat sig fast i Ulfs huvud var att "det kommer bli en jävligt tuff vecka" framför dem och att soldaterna inte skulle ha möjlighet att kommunicera hem förrän de satt på bussen hem på första permissionen om fjorton dagar. Dag två bestod mestadels av att hämta ut materiel, kläder och tillbehör vid olika byggnader runtom på det stora fästningsområdet, samt lära sig marschera i "två led linje".

Bara några dagar senare kom en händelse som skulle påverka Ulfs redan traumatiserade liv ännu mer negativt. De hade fått hämta ut sina vapen som var av modellen AK5:or och marscherat de dryga femton kilometrarna till Perstorps skjutbana. Vädret hade skiftat från att ha varit klara varma augustidagar till elva grader och spöregn. Marschen hade varit ett rent helvete för samtliga soldater. Alla var dyngsura och utrustningen likaså. Hela förmiddagen och ett par timmar efter lunch bestod av femtio minuters marsch och tio minuters vila med undantag för lunch då de fick trettio minuter på sig att värma vatten med sitt spritkök och laga den frystorkade maten. De som hade tid över fick vila. En del av dem var så trötta att de struntade i att äta och ägnade den lediga tiden till att vila i stället. En del var i stort behov av att plåstra om sina sargade fötter, men många struntade i det och försökte bara vila, trots att de två befälen som marscherade med dem påminde dem om vikten om att vårda sina fötter. Ulf hann med både att tillaga sin mat samt plåstra om sin vänstra häl, som hade fått en stor vattenblåsa innan det var dags att fortsätta marschen. Grusvägen de gick längs med började bli lerig. Regnet tilltog alltmer och den kraftiga sidovinden gjorde svårt att se vart de gick. Befälen verkade inte bry sig det minsta och Ulf undrade vad de var gjorda av, som frivilligt hade sökt sig till detta udda och hårda yrke. När ordern om halt hördes kom det som en stor befrielse och många av soldaterna stönade högt. Löjtnanten skrek ut med barsk ton att de fick fem minuters vila och därefter skulle de öva "ålning medelst hasning" fram till ett krön och därefter skjuta på de uppsatta pricktavlorna. Löjtnantens kommandon hördes knappt i den hårda vinden. Hela grusplanen de stod på var full av vattenpölar som snabbt ökade i storlek. En sergeant packade ur utrustning från den ena av de två terrängbilarna som stod på grusplanen. Några av soldaterna hade börjat huttra medan de stod och inväntade order och Ulf blundade för ett ögonblick och önskade att han var i tryggheten i sitt pojkrum hemma i Ånge. Hemmet i Ånge hade visserligen aldrig varit någon trygghet så länge Lennart var hemma, men just nu kändes det som en betydligt bättre plats att vara på än på en dyblöt grusplan vid Perstorps skjutbana utanför Karlsborg, sextio mil hemifrån där han varken kände någon eller ville lära känna någon för den delen. Här var han helt själv och hade absolut ingen att anförtro sig till. Han saknade sin mamma något oerhört, men skulle aldrig få för sig att berätta det för någon annan i gruppen.

Ulf rätade på sina stela fingrar medan löjtnanten gormade ut sina order. Högerhanden som han hade hållit om vapnet var iskall och han kunde för sitt liv inte begripa hur han skulle lyckas avfyra några skott om en liten stund. Han såg åt höger och såg att de närmaste grabbarna såg lika dystra ut som han kände sig. Nu såg till och med befälet besvärad ut av vädret. Löjtnanten Cedergren försökte dölja att han huttrade så gott det gick, men Ulf såg att även han frös, trots att ansiktet såg ut att vara av sten. De blev utdelade 30 skott med lysammnution som de laddade sina magasin med. Kamraten till höger om Ulf, vid namn Ragnarsson, stod och fipplade med skottomställaren och drog spaken upp och ner ideligen. Ragnarsson verkade vara nervöst lagd och det märktes på honom att han var osäker på varenda order som kommenderades ut. Några minuter senare låg samtliga rekryter och kröp i det dyblöta blåbärsriset i en svagt lutande backe. Trettiotalet meter längre fram fanns ett krön dit de skulle öva "ålning medelst hasning" fram till kanten och därefter skjuta på olika mål hundratalet meter ner för kullen. På löjtnantens kommando skulle de sprida ut sig på en lång linje med två meters mellanrum.

Ulf stönade och stånkade medan han kröp så gott han kunde längs marken. Både vattenflaskan och stridsselen hakade då och då i blåbärsriset och han blev märkbart irriterad varje gång det hände, som om hällregnet och kylan inte vore nog. Sockorna i kängorna var för länge sedan genomblöta och han hann inte krypa många meter i blåbärsriset innan även kalsongerna var våta och kalla. Han blängde åt höger och såg att han hade Ragnarssons gevärsmynning bara en armlängds avstånd från sitt huvud och blev orolig. Ordern från befälet hade varit tydliga:

Inget prat under framryckningen, för att minimera att fienden kan höra er. Ulf hatade verkligen detta trams. *Det finns ju för helvete ingen fiende här, och vi borde ju kunna få prata med varandra om vi vill.*

– Hörru! Ragnarsson! viskade Ulf. Nervöst såg rekryten upp och stirrade med orolig blick på Ulf.

– Du har väl säkrat geväret medan du kryper? Jag vill fan inte ha ett skott i huvudet av dig! sa Ulf. Ragnarsson såg inte ut att förstå vad han menade och bara glodde på honom oförstående. Ulf pekade med handen mot skottomriktaren.

– Geväret! Har du säkrat geväret? snäste Ulf ännu en gång, just som han såg att löjtnanten närmade sig dem. I en liten svacka ett par meter framför Ulf hade det bildats en rejäl vattenansamling och han bestämde sig för att åla sig till vänster om pölen. Men löjtnanten hade inte bara hört hur Ulf hade försökt pratat med Ragnarsson, han hade även sett hur han hade försökt undvika att åla genom vattenpölen och detta hade ogillats.

– Samtliga soldater, stanna upp! skrek löjtnant Cedergren så högt han kunde för att göra sig hörd i den kraftiga vinden och regnet som smattrade. Det 29-årige befälet såg sin chans till att statuera ett exempel på Ulf Strandmyrs bekostnad och tog den med stort nöje.

– Jag tror bestämt vi har en primadonna med oss här idag. Eller vad säger du, Strandmyr? flinade löjtnanten. Det tog någon tiondels sekund innan Ulf förstod vad befälet hade menat, men förstod aldrig att det var ett stort problem. I Ulfs och alla andra civilas huvud föreföll det sig helt naturligt att man undviker att kräla i en vattenpöl om man kan. Men nu befann de sig i militärtjänstgöring och var ute på övning och då ska man inte bry sig om sådana trivialiteter, tydligen. Cedergren tog ny ansats.

– Är soldat Strandmyrs liv så lite värt att han väljer att ta en liten omväg bara för en vattenpöls skull?! Begriper du inte att ditt huvud sticker upp en decimeter högre upp nu än om du i stället hade ålat dig i vattenpölen? En decimeter!

– Jag tyckte inte det hade någon betydelse om jag kröp bredvid pölen i stället, sa Ulf tystlåtet och tittade oroligt på befälet.

– Inte hade någon betydelse?! Du blir ju för i helvete rena rama kanonmaten för fienden när du sticker upp huvudet på det där viset! skrek löjtnanten som plötsligt fick något slags utbrott och grabbade tag i nacken på Ulf och tryckte ner hans ansikte i vattenpölen. Om och om igen, medan de andra grabbarna såg på med gapande miner. Vid ett par tillfällen slog han i näsan på AK 5-ans kolv och det började blöda. Den ena kallsupen efter den andra gjorde att Ulf började hosta. Det stramar om halsen efter jackan som befälet håller i ett järngrepp om i nacken och Ulf får knappt någon luft.

– Nå Strandmyr, hur känns det nu? Är det här verkligen värre än att få en kula i skallen? Va? En kula som spränger bort hjärnan på dig, är det bättre än lite vatten i skogen? skrek löjtnanten. Vid ett tillfälle när Ulfs ansikte är helt under vattnet i pölen råkar han andas in men får bara in vatten ner i lungorna och hostar av all kraft. Han får panik och försöker förtvivlat slå bort befälets händer som håller tag om hans nacke. De andra ser med fasa på hur Cedergren behandlar Ulf, men vågar såklart inte säga någonting. Till slut känner sig Cedergren nöjd och släpper taget om Ulf, som kippar efter andan. Cedergren böjer sig fram och halvt om halvt skriker i örat på Ulf.

– Nästa gång du kommer fram till en vattenpöl – och det gäller er andra också – kräver jag att ni fan ska slänga er i botten av pölen! Ni ska inte bara dra ert ansikte i den, ni ska älska den! Från och med nu så älskar ni vattenpölar. Är detta förstått, soldater på 2:a plutonen?! skrek Cedergren och fick ett svagt ja. Han upprepade frågan tills hela plutonen skrek "ja" så högt de orkade. Ulf hade dödsångest efter att inte ha kunnat andas på över trettio sekunder och låg och flämtade efter andan i den våta marken. Tyst för sig själv och kraftigt tagen av situationen började han svamla.

Vad i helvete var det som nyss hände? Behövde han bli så arg bara för att jag undvek att krypa i en vattenpöl? Fan vad sjukt! Det är ju inte krig på riktigt ju. Cedergren höll ju nästan på att dränka mig, det svinet. Och alla andra grabbar bara står och glor på mig, som om jag vore nån jävla cirkusapa, som om… jag vore nåt mongo. Men jag är inget mongo! Det är ju bara pappa och mina gamla klasskamrater som kallar mig det. Men de har fel, jag inte så dålig som alla tror. Eller? Fan! Jag är nog egentligen helt jäkla oduglig. Jag råkade ju göra så att Moa omkom i branden när jag var liten och jag lärde mig inte simma förrän jag nästan var tonåring och jag har inga vänner. Och efter den här händelsen så lär jag inte få några här bland soldaterna heller. Kanske farsan har rätt, jag är bara ett stort jävla odugligt mongo. Näe, det är jag väl ändå inte?

– Jag är inget mongo…j- jag är inget mongo, jag klarar av att vara soldat, viskade han. Cedergren lyckades uppfatta vad han sa och tänkte minsann fortsätta förnedra sitt favoritmobboffer.

– Hörde jag något från soldat Strandmyr? Kallade du dig själv för mongo? Menar du att vi har fått ett mongo i vår pluton? flinade han med förvånad min och sökte de andras blickar. En efter en började de andra att fnissa nervöst. Mongo. Ulf hatade det ordet mest av allt i hela världen och ändå hade han omedvetet sagt det högt så att befälet hörde honom. Hans värsta mardröm hade blivit besannad. Han blev kallad för mongo! Detta var värre än att blivit halvt dränkt och förnedrad i vattenpölen och nu började Ulfs rädsla övergå till aggression. Sakta vände han på huvudet och såg de andra rekryternas flin. Ett par av dem pekade på honom och han kunde se hur de artikulerade ordet mongo. Han såg sedan mot Cedergen, som fortfarande satt på huk bredvid honom.

– Har mongot snyftat klart nu så vi kan fortsätta övningen? fortsätter Cedergren. Nu fanns det ingen rädsla kvar i Ulf, bara ren aggression som blev tiofalt värre för varje gång han hörde ordet mongo. Någonting farligt och okontrollerat växte i honom, nästan som en övernaturlig kraft. Plötsligt tryckte han upp sig från marken och slog gevärskolven rakt i ansiktet på Cedergren som föll bakåt. Sedan fattade han tag i sitt gevär och skrek så högt han bara orkade.

– Jag är inget mongo! Hör ni det?!! Jag är inget jävla mongo!!!

Efter att ha tömt samtliga trettio skott strax ovanför huvudena på de andra rekryterna segnade han ner på marken medan tårarna fyllde hans ögon. Löjtnanten hade krupit ihop som en boll och höll händerna hårt om huvudet, precis som alla rekryterna. Efteråt ekade skotten i skogen och det tjöt i öronen efter skottsalvans höga smattrande. Cedergren kastade sig över Ulf och slet sedan bort vapnet från honom.

Två timmar senare var Ulf tillbaka på regementet efter att ha blivit hämtad i bil av två befäl. Ombytt till civila kläder och med sin ryggsäck bredvid sig satt han nu utanför logementsingången, på samma ställe som bussen hade släppt av honom för några dagar sedan. Bredvid honom stod en sergeant från en annan pluton som skulle se till att Ulf inte bara steg in i taxin utan även följde med honom ända hem till Ånge. Ledningsgruppen på regementet hade varit både eniga och relativt förlåtande. Ulf var entledigad från sin militärtjänstgöring med omedelbar verkan och skulle snarast göra en psykologisk undersökning i sin hemort. Men med sitt skickliga sätt att manipulera både läkare och psykologer lyckades han lura i dem att det mesta hade varit ett enda stort missförstånd och att befälet hade agerat på ett felaktigt sätt som han hade allvarliga funderingar på att göra en anmälan på.

Utredningen av Ulfs psykiska hälsa lades således ner och Ulf kom en kort tid därefter in på en treårig datavetenskaplig utbildning på högskolan i Lund med inriktning på IT- säkerhet.

Kapitel 15

Ulf Strandmyr söker systematiskt igenom våning för våning på Hjärtintensivvårdavdelningen efter Mia men hittills har han inte kunnat hitta henne. Han går tillbaka till den stora centralgången som förbinder de olika avdelningarna åt och söker sig vidare till nästa byggnad. Otåligheten börjar göra sig påmind. Han möter en mamma med sin snoriga son i korridoren och Ulf tänker att han ska hålla andan medan de passerar. Men ungen stannar till bara någon meter framför Ulf och nyser utan att hålla för munnen och det är på vippen att Ulf stannar och skäller ut mamman för att hon inte lärt sig sonen att hålla för munnen, men han lyckas behärska sig och går snabbt vidare. Medan han går längs korridoren funderar han på om inte ett sjukhus är ett ställe där man lättare kan bli smittad av något än en rockkonsert till exempel. För hit kommer ju alla som är sjuka. Medan han går och funderar i sina vita sjukhuskläder tycker han sig se en bekant figur några meter framför honom. Han ser en man som har ungefär samma längd som han själv. Ljusbrunt hår och ganska tunnhårig.

Den där jackan och det där bakhuvudet känner jag igen! Det är ju Mias jävla farsa! Han är här och ska hälsa på Mia. Men vart är han på väg nu? Har han redan hälsat på henne och är nu på väg hem? Jag följer efter en bit och ser vart han tar vägen.

På tjugo meters avstånd följer Ulf nyfiket efter Conny. De passerar väntrum med oroliga patienter, ett par receptioner med långa köer i. De går förbi en rullstolsburen kvinna med amputerat ben. Hela tiden håller sig Ulf på behörigt avstånd från Conny. Ulf börjar bygga upp ett starkt hat mot honom och fantiserar om att följa ut till parkeringen och där ta stryptag och sedan dra in honom i baksätet och sno hans bil. Men detta skulle knappast gynna honom på något vis och det skulle definitivt inte bli lättare att hitta Mia om han mördade Conny, hur gärna han än ville se honom död och begraven. De närmar sig cafét och Conny viker av åt höger. Ulf stannar till och ställer sig på behörigt avstånd och betraktar Conny, som tar åt sig en bricka och ställer på två koppar kaffe med mjölk i den ena samt lägger på två ostmackor och två prinsessbakelser.

Perfekt! Han ska tillbaka till Mias rum med fika! Strax kommer jag få veta i vilket rum hon befinner sig…

Conny betalar och går försiktigt med brickan tillbaka mot vänster och följer pilarna mot Målpunkt C. Några meter bakom tassar Ulf efter. Han börjar bli upphetsad då han vet att han bara är minuter från att möjligtvis få se en skymt av sin älskade Mia. Hjärtat slår några dubbelslag av spänning och han börjar svettas i pannan av förtjusning. En arm tar plötsligt tag om hans axel och han hoppar till. Bredvid honom står en äldre dam och ser på honom med orolig blick. Hennes arm är gipsad från handleden och upp till armbågen och hon ser ut att ha ont.

– Ursäkta, men kan du möjligtvis säga mig vart Ortopedavdelningen ligger? Jag tror jag är lite vilse, säger damen med generad min. Ulf ser åt Connys håll och avståndet mellan dem blir allt större. Det går folk förbi från båda hållen och Ulf har svårt att urskilja Conny.

– Inte fan vet jag! Däråt tror jag! snäser Ulf och pekar bakåt. Han vet att han naturligtvis borde ha hanterat situationen på ett snyggare sätt, men han är alldeles för spänd för det nu. Damen gapar av förvåning och står som förstenad. Raskt går Ulf vidare och försöker se efter vart Conny tog vägen. Bara några sekunder senare ser han en man som bär på en bricka och Ulf lugnar snabbt ner sig igen. Conny stannar till utanför en stor glasdörr till vänster och trycker på dörröppnaren med armbågen försiktigt så inte kaffet spills ut. Ulf är nu tio meter bakom och han funderar på om han vågar fortsätta följa efter eller om han ska vänta tills Conny har åkt hem. För han vet ju nu trots allt vart Mia befinner sig. Efter snabbt övervägande slinker han in medan dörren fortfarande är öppen. Han ser hur Conny går rakt fram och han ser att någon sitter på en stol i den annars tomma korridoren. Ulf får nu bekymmer. De enda personerna han ser är Conny och den förmodade polisen som sitter en bit längre bort. Nu kan han inte gömma sig längre och måste snabbt komma på vart han ska ta vägen. Han blir ståendes ett par meter innanför avdelningens dörr och funderar. Plötsligt öppnas en dörr och en sjuksköterska kliver ut bara någon meter framför honom, men hon gör ingen notis om honom utan bara går vidare bort längs korridoren. Ulf andas ut.

Såklart! Varför skulle någon tycka det är konstigt att jag befinner mig här? Ingen kan ju veta vad jag har för planer. Och av klädseln att döma så är det ju ingen som kan misstänka mig för något. Men här kan jag ju inte bara stå. Jag låser in mig på toan en stund och funderar.

Han sätter sig på toastolen och tar sig för pannan med en djup suck. Han är både upprymd och förvirrad på samma gång. Han har hittat vart Mia befinner sig men kan inte komma ända intill henne just nu. *Fan också! Hon är ju så nära! Men ändå kan jag inte få se hennes vackra ansikte. Jävla snutjävel och jävla Conny! Hon och jag måste ju vara tillsammans! Men hur ska det gå till? Hur i hela friden ska jag kunna smussla ut henne från sjukhuset utan att bli påkommen?* Ulf hör hur en dörr öppnas länge bort och han hör förutom en mansröst även en mycket välbekant kvinnlig röst. Han vet nu att tjugotalet meter ifrån honom finns Mia. Vad skulle hända om han gick ut nu och såg mot henne? Fanns det en risk att hon skulle känna igen honom? Inte en chans. För varför skulle någon tro att Ulf Strandmyr gick omkring i sköterskekläder här på Linköpings lasarett? En kort tvekan och sedan öppnar han försiktigt toadörren och ser bort i korridoren. Mias vackra, långa hår fladdrar lätt medan Conny kör rullstolen. Han kan dock inte se ansiktet på henne när de svänger av till höger in mot allrummet. Instinktivt och utan att tänka sig för, börjar han gå sakta efter dem. Han är så nära nu! Rum på rum passeras och längs den lilla korridoren står det några enkla trästolar med blått tyg. Ulf närmar sig den civilklädde polisen som fortfarande sitter kvar utanför Mias rum. Ulf är livrädd att bli upptäckt, men nu finns det ingen återvändo längre. Han är tvungen att fortsätta förbi polisen. Med stor ansträngning försökte han gå så ledigt och avslappnat han bara kan när han passerar polisen. När han går förbi honom med någon meter bara väntar han på att polisen ska grabba tag i hans nacke och slita ner honom på golvet, men ingenting av det händer. Fem meter fram och till höger. Där inne sitter nu Mia och ska just börja fika med sin pappa. Tankarna är fortfarande som i trans hos Ulf och han har absolut ingen aning om vad han ska göra härnäst när han strax ska få se henne. Men så händer något oväntat. Conny kommer gåendes ut igen från allrummet och får ögonkontakt med Ulf. Conny nickar en lätt och artig nick mot honom och fortsätter tillbaka bort mot Mias rum. Ulf fortsätter in i allrummet och får syn på Mia, som har ryggen mot utgången. Hon och Ulf är nu alldeles ensamma i rummet. Hon sitter vid ett stort runt bord med fem stolar runtom. Till höger i allrummet finns en köksbänk med diskställ, några över– och underskåp samt ett kylskåp. Ulf förstår att han inte bara kan gå fram till henne, utan väljer att gå fram till ena köksskåpet och tar fram ett glas och fyller på det med vatten. Han sneglar försiktigt över axeln medan han sakta tar några klunkar.

Där är hon. Min Mia! Som jag har väntat på att få se henne! Hon är lika vacker som vanligt, men ansiktet är förändrat. Hon har blivit smalare. Inget smink förstås. Hennes hud har en gråaktig ton. Hon ser väldigt matt ut och håret är inte ovårdat, men inte så där noggrant kammat som hon brukar ha det. Hon har fortfarande inte gjort någon notis om mig. Hon är nog van att det springer en massa personal här hela tiden. Stackare, du ser ut att ha ont. Allt är mitt fel och jag ska be om ursäkt för allt jag ställt till med, men inte nu. Det måste bli rätt tillfälle. När du bara får höra min förklaring och jag får berätta hur ledsen jag är för allt, så borde du kunna förlåta mig. För vi två hör ju ihop, jag vet ju det och innerst inne vet du det med.

Sakta dricker han upp glaset med vatten och sneglar hela tiden på Mia i ögonvrån. Men han vill ha mer tid att betrakta henne och han fyller glaset igen. Mia gör fortfarande ingen notis om honom utan äter av ostmackan som hennes pappa har köpt. Conny kommer tillbaka in i allrummet med en kofta i handen. Ulf känner igen den. Han vet precis hur den doftar också. Den brukade alltid Mia ha på sig när de var ute på sina kvällspromenader. Ulf känner att han inte kan stå kvar i allrummet och dricka vatten längre utan att det skulle se konstigt ut och börjar därför gå tillbaka mot korridoren. Conny sätter sig ner bredvid Mia efter att ha lagt koftan om hennes rygg. Med upprymda känslor börjar Ulf gå tillbaka längs korridoren men vet inte vad han ska göra härnäst. Utan att tänka efter gör han ett infall och trycker upp den breda dörren in till Mias rum, precis framför polisen som inte reagerar över huvud taget. När dörren gått igen stannar han till och drar ett djup andetag. Den svaga doften av Mias parfym sugs ner i lungorna och han fylls av starkt välbehag. Det är bara två sängar i rummet varav den ena saknar lakan så det är inte svårt att förstå vilken säng som är Mias. Han går fram till hennes kudde och tar upp den. Han tar ytterligare ett djupt andetag med kudden tätt tryckt mot sitt ansikte och njuter av doften från hennes parfym.

En halvtimme senare är Ulf tillbaka i sin bil utanför Glyttinge Camping i Linköping. Tillbakalutad i förarsätet sitter han med händerna knäppta bakom nacken och ler. Dagen kunde inte ha varit bättre för hans del. Han har fått se Mia för första gången på väldigt länge och hon såg ut att må riktigt bra under omständigheterna. Nu återstår det bara att försöka få med sig henne från sjukhuset så de kan rymma i väg tillsammans till en plats dit ingen kan hitta dem. Där ska de leva lyckliga tillsammans i resten av sina liv och ingenting ska någonsin kunna ändra på det. Ingenting. Han ska laga mat åt dem, passa upp henne, borsta hennes långa, vackra hår och han ska se till att hon har det bra. Men han måste vara försiktig. Polisen kommer aldrig att sluta leta efter dem, det vet han. Men han har en plan.

Kapitel 16

Det är eftermiddag och Conny har precis hälsat på Mia på universitetssjukhuset i Linköping. De har fikat tillsammans i allrummet på hennes avdelning. Han sätter sig i bilen och kör i väg. Men i stället för att svänga av söderut hem igen mot Västervik, svänger han av norrut på E4:an. Hans plan är inte alls att åka hem till sin familj, vilket han redan berättat för Ritva men inte för Robin ännu. Han är på jakt efter Ulf Strandmyr och han är helt övertygad om att han befinner sig någonstans i hans hemtrakter i Ånge. Klart irriterad över polisens svaga insats hittills tänker han ta tag i saken själv och försöka hitta den man som knivskurit hans dotter. Han vägrar bara sitta hemma och vänta på att polisen ska hitta honom.

Med farthållaren inställd på 125 kilometer i timmen närmar han sig sakta men säkert Norrland. Ritva är informerad om att han inte kommer att komma hem på ett bra tag men hon tog det tyvärr inte med ro. Ett mobilsamtal senare är det bestämt att Ritvas mamma, Dagny Erlandsson åker hem till Ritva och barnen några dagar. Det hade visserligen känts bra om Robin hade följt med upp till Ånge, men det är inte aktuellt. Det räcker med att ett av deras barn är drabbat av Strandmyr.

Strax utanför Gävle stannar Conny till vid en Circle K-mack. Klockan har hunnit bli sju på kvällen och det är mörkt ute för länge sedan. Han tankar och går in och köper en grillad med mos som han sedan tar med sig till bilen och äter. Han glömmer lägga på ketchup och svär tyst för sig själv, men orkar inte gå in i butiken igen. Maten är smaklös men det mättar för stunden. Med en djup suck försöker han samla tankarna och försöka sätta sig in i hur han själv skulle ha gjort om han hade behövt gömma sig för polisen. Men det är inte helt lätt att tänka som en galning när man själv inte är en. För i Ulfs värld är det inga större problem att ta ett liv om det kan hjälpa honom på traven, men att tänka i de banorna för Conny är svårt. Vart går gränsen för Ulf? Har han någon gräns över huvud taget? Vart går gränsen mellan galenskap och listighet? Var skulle vara en bra plats att gömma sig på om polisen letade efter honom? Frågorna snurrade runt i Connys huvud. Han visste att polisen letade för fullt runt Västerviks skärgård samt på andra tänkbara platser i Västervik. Man visste att Strandmyr hade tagit sig till Västervik ganska per omgående efter flykten från fängelset med hjälp av vittnen. Men frågan var om han fortfarande befann sig i trakten. Det trodde i alla fall inte Conny. Någonting inom honom gjorde att han trodde Ulf hade dragit sig tillbaka till sina hemtrakter. Dels för att det låg långt borta från Lennersjös hus och dels för att i Ånge så borde Ulf hitta lika väl som handen i handsken och borde lätt kunna hålla sig gömd för polisen. Men varför just Conny skulle lyckas hitta honom där och inte polisen, det visste han inte. Men han tänkte i alla fall försöka. Allt annat vore vansinne. Detta var det minsta han kunde göra för sin dotter. Medan han satt där i bilen och åt sin mat, kom han att tänka på bilden som Anita

Forsell hade visat honom. En bild på Ulf som barn, tillsammans med en jämnårig flicka. Ulf hade haft ett metspö i handen och tjejen hade haft uppblåsbara armpuffar på sig. Alltså befann de sig i närheten av vatten, antagligen en sjö.

Kan Strandmyrs föräldrar ha ägt ett sommarställe? Eller äger föräldrarna stället fortfarande?

Conny kommer på att han inte vet någonting om Ulfs föräldrar. Han har ingen aning om de fortfarande är gifta eller om de ens är i livet och han känner att han behöver ha betydligt mer kött på benen om han ska försöka hitta Ulf. Efter att ha ätit upp det mesta av maten svängde han åter ut på E4:an norrut, tryckte in kortnumret till Robin, som svarade snabbt.

– Hej, grabben det är pappa.

– Tja. Är du på väg hem? sa Robin med kort ton.

– Nja, jag är på E4:an utanför Gävle just nu. Jag tänker åka upp till Ånge, till Strandmyrs hemtrakter och snoka lite bara, säger Conny trevande.

– Va? Är det så smart att åka dit själv? Du vet ju att Strandmyr är livsfarlig! Han kan ju göra vad som helst om han skulle upptäcka dig! Är det inte bättre att snuten får sköta det här? säger Robin med vädjande ton.

– Jag lovar att inte göra något dumt, du behöver inte vara orolig. Jag ska bara snoka runt lite. Se om jag kan få några ledtrådar, sedan kommer jag hem om några dagar.

– Jaha, okej. Men var jäkligt försiktig och ta inga onödiga risker.

– Jag lovar. Du, jag är så jäkla dålig på det här med datorer, men skulle inte du kunna kolla upp var Strandmyrs föräldrar bor?

– Visst. Tror du att Ulf har åkt hem till dem? Tror du att de kommer hålla honom gömd?

– Ingen aning. Men att börja leta där är i alla fall en början.

– Jag kollar upp detta och återkommer, sa Robin. De lägger på luren och det dröjer inte många minuter innan det kommer ett sms från Robin med en adress.

Tack, grabben min. Nu har jag i alla fall någonstans att börja.

Kapitel 17

Ulf rycker plötsligt till, nästan som om han hade fått en smäll i huvudet. Fantasin hade flödat i väg och i sinnet var han och Mia tillsammans på en trygg plats där ingen kunde störa eller förstöra för dem. När han kommer till sans igen känner han först besvikelse. Sedan känner han hur kyligt det är i den gamla bilen han snott. Han ser sig omkring på campingområdet och allt verkar vara öde. Det är en mulen och tråkig höstdag och till råga på allt börjar det att dugga. *Vad fan gör jag här? Här kan jag ju inte sitta och drömma! Vad väntar jag på egentligen? Är det inte bättre jag åker tillbaka och försöker få med mig Mia redan ikväll? Allt är ju förberett uppe i huset i Juånäset. Nu vet jag ju var hon befinner sig, så det gäller ju bara att komma på ett sätt att smuggla ut henne från sjukhuset. Hur det nu ska gå till... Men om jag bara kan lura ut henne från avdelningen i rullstolen utan att snutjäveln blir misstänksam så kanske jag kan köra ut henne till någon nödutgång där det inte är så mycket folk och sedan på något sätt få in henne i bilen. Att hitta några tabletter som får henne sövd är nog en omöjlighet. Jag kommer nog på något. Jag måste komma på något, men jag kan inte tänka klart utan min medicin. Jävla huvud!*
Ulf slår sig själv i pannan flera gånger tills det bultar.

Hemma i Västervik ligger Robin på sitt rum. Han är frustrerad. I ena handen håller han i sin mobil, den andra kramar han hårt om överkastet.

Pappa kunde väl åtminstone frågat mig om jag ville följa med till Ånge? Han vet ju att jag är lika förbannad på Strandmyr som han är. Dessutom är väl ändå två personer bättre än en att försöka hitta den där jäveln? Jag fattar väl att farsan bara är rädd om mig och inte vill att det ska hända mig något, men ändå… Strandmyr är förstås oberäknelig och helt livsfarlig och alla vet ju att han inte drar sig för att ha ihjäl folk om det skulle gynna honom. Här kan jag bara inte gå omkring till ingen nytta, jag måste göra något! Jag måste ta mig till Ånge och leta, jag med. Men pappa har ju bilen…

Irriterat snörper han på munnen och rynkar ögonbrynen. Han får en idé, men vet inte om den är bra eller dålig men han tänker chansa. En djup suck och han slår snabbvals–knappen på sin mobil till hans bäste vän och vapendragare genom vått och torrt, Lars "Lalla" Larsson. En signal hinner gå fram innan Lalla svarar.

– Tja mannen.

– Tjena. Vad gör du?

– Kollar fotboll. Arsenal mot Tottenham. Själv då?

– Inte mycket.

– Hört nåt från Mia? undrar Lalla. Robin dröjer på svaret och suckar högt.

– Är allt bra eller? försöker Lalla på nytt.

– Jo, Mia blir sakta bättre för varje dag. Men det tar ju sådan tid… Vet du förresten vart farsan är? sa Robin.

– Öh, nä?

– Han stack upp och hälsade på Mia i förmiddags och när han åkte därifrån åkte han vidare mot Ånge. Han tror att Strandmyr gömmer sig där någonstans…

– Skämtar du?

– Nope.

– Men polisen tror ju att Strandmyr är antingen någonstans runt Västervik och gömmer sig eller omkring sjukhuset i Linköping. De har ju till och med en polis som vaktar Mias rum, har jag läst, säger Lalla.

– Jag vet. Men pappa tror tydligen att han gömmer sig i sina hemtrakter. Vem vet, han kanske har rätt, suckar Robin och väntar på en reaktion från Lalla. Det blir tyst en stund.

– Ja, om jag hade varit den där jävla Strandmyr så hade jag inte vågat vara kvar i Västervik i alla fall. Jag hade nog åkt…. tja… långt bort men ändå till någonstans där jag känner mig bekväm, sa Lalla.

– Precis! Strandmyr är i grund och botten en osäker kille som trivs allra bäst i en trygg miljö. Det stod det ju om honom i tidningen.

– Fan, tänk om Conny har rätt? Strandmyr kanske har åkt tillbaka till sina hemtrakter i Ånge?

– Ja varför inte? Men jag gillar inte att farsan åkte dit alldeles själv. Han är ju ingen polis direkt. Tror dessutom inte att han skulle ha en chans mot Strandmyr i en fight, farsan är för vek. För klumpig och är för snäll för att ta till fula knep. Han kan ju för fan bli ihjälslagen! sa Robin med visst darr på rösten.

– Men kan du inte ringa och försöka övertala honom att komma hem i stället och låta polisen sköta detta? säger Lalla.

– Tror du inte morsan har försökt? Men han övertygade henne om att han bara skulle "se om han kunde hitta några ledtrådar" som han kunde ge till polisen. Och hon köpte den lögnen, suckar Robin. Det blir tyst en stund igen.

– Du Lalla?

– Ja?

– Du har inte lust att skolka från skolan några dagar? Robin väntar otåligt och förväntansfullt på Lallas svar.

– Alltså… ärligt talat Robin… jag mår fortfarande psykiskt dåligt för allt som Strandmyr utsatt mig för. Du vet stugan som började brinna och gav mig brännskador. Varje kväll när jag lägger mig för att sova så ser jag den där dårens ögon. Jag hör hur han säger de där orden till mig, precis innan han lämnar mig för att dö där inne i stugan, "Jag kommer alltid att behandla Moa som den prinsessa hon är". Sedan kan jag på riktigt känna röken från elden. Jag känner hur den far ner i mina lungor och sakta kväver mig, Robin. Och jag vaknar nästan varje natt, kallsvettig och viftar med händerna i blindo, i tron om att Strandmyr står i mitt rum med en kniv i handen, fortsätter Lalla. Robin hör hur Lallas röst förändras. Han hör hur hans kompis kämpar för att försöka hålla tillbaka gråten. Han hör den fruktansvärda ångest han kämpar med och han förstår att Lallas traumatiska upplevelse är någonting han kommer att få brottas med för resten av hans liv. Lalla tystnar i luren och andas tungt.

– Fan, Lalla. Förlåt att jag ens frågade, det var okänsligt av mig. Jag vet att du fortfarande kämpar med dina demoner. Även jag, men du blev värre drabbad av Strandmyr än mig. Det är bara det att… äh. Jag tänker i alla fall åka och det hade känts tryggt att ha med sig dig, det var bara det, suckar Robin och känner sig dum för att han ens frågade.

– Vetskapen om att farsan är på väg ensam till Ånge får mig att må så jävla dåligt. Jag skulle aldrig förlåta mig själv om det hände honom någonting där uppe medan jag valde att stanna kvar här i Västervik utan att göra något. Jag tänker faktiskt åka nu i kväll. Men du, jag hör av mig när jag börjar närma mig Ånge. Och så klart även om jag får reda på någonting mer om Strandmyr.

– Så du tänker åka redan ikväll? undrar Lalla.

– Ja jag tänkte det. Varje timme jag ödslar på att vara kvar här kan betyda döden för farsan, ärligt talat. Jag är livrädd för vad Strandmyr skulle göra om han får syn på farsan.

– Ja, ingen går säker för den jäveln. Inte du heller, säger Lalla. Robin svarar inte utan trummar med fingrarna på sin mobil.

– Förresten, vilken bil hade du tänkt ta till Ånge? Conny har väl er Audi?

– Jag tar vår andrabil. Jag skiter i vad mamma säger, hon får cykla om hon ska någonstans.

– Tänker du bara sno den?

– Ja. Om jag skulle fråga mamma om lov att ta Saaben för att åka efter pappa upp till Ånge för att leta efter Strandmyr så skulle hon få dåndimpen. Jag vet att det är fel att göra så, men jag känner att jag måste. "For the greater good."

– Jag fattar. Men håller den gamla Saaben ända upp till Norrland, skämtar Lalla.

– Du, Saab är svenskt stål och den lär kunna rulla trettio tusen mil till. Lätt! svarar Robin med en något skarpare ton. Lalla vet att han trampar på en öm tå när det gäller att prata illa om Saab, men ibland kan han bara inte låta bli.

– Men du, det lär ta säkert tio timmar till Ånge och om du åker nu så lär du vara framme typ vid fyratiden i morgon bitti, säger Lalla.

– Det tar åtta timmar. Om jag gasar och inte tar någon rast.

– Men det är ju vansinne! Du kan inte köra så långt utan att vila. Särskilt inte om du kör på natten, säger Lalla oroligt.

– Jag fattar det. Men jag kan bara inte lämna farsan själv där uppe, ifall han stöter på Strandmyr. Då dör han och jag kan inte ha det på mitt samvete. Det får räcka med skit nu, säger Robin bestämt. Lalla suckar högt och svär för sig själv.

– Fan…

– Vaddå "fan" undrar Robin.

– Jag svär för att det kommer bli en lång natt i natt. Kom förbi och hämta upp mig, jag är klar om fem minuter, suckar Lalla.

Kapitel 18

Strax innan halv elva ser Conny ljuset av de första husen som ligger i utkanten av Ånge. Han är trött efter att ha kört bilen oavbrutet sedan matstoppet i Gävle. Ögonen har gått i kors flera gånger och han inser att han har varit en trafikfara inte bara för sig själv utan även för mötande bilister. Conny saktar in, svänger höger och vidare in mot centrum. Han passerar en obemannad bensinmack som ligger i korsningen. Lite längre fram ser han en Konsum-skylt. Den värsta tröttheten är borta nu.

Jaha, nu är man äntligen framme i den här jävla hålan. Är det här du håller dig gömd, din jävel?

Conny tänker att han behöver sova för att vara tillräckligt klar i huvudet för att kunna tänka ordentligt. Men innan han försöker blunda några timmar i bilen tänker han köra ett varv i samhället för att bekanta sig. Dessutom behöver han hitta ett lämpligt ställe där han kan parkera bilen och få sova ostört några timmar. Han tar höger efter Konsum och hamnar på Storgatan, som leder fram till vad som verkar vara stadens centrum. Torget en bit framför honom ligger helt öde, grått och trist. Inte en människa syns. Plötsligt känner han sig dum. Han stannar till vid en sidoparkering och stänger av motorn. Han kliar sig i skäggstubben och svär tyst.

Hur fan ska jag kunna hitta Strandmyr här, alldeles själv? Det här kanske var en idiotisk idé. Det enda jag har att gå på är den där bilden med Strandmyr som liten vid en sjö. Ingen idé att jag gör någonting mer nu, jag måste få sova några timmar. När jag har sovit ett tag kollar jag på en karta över sjöar i närheten. Borde ju finnas någon sjö åtminstone här i trakterna.

Conny startar bilen igen och fortsätter längsmed Storgatan. Snart kommer han fram till ett industriområde. En långtradare står parkerad längs den breda vägen och Conny ställer sig en bit bakom den och parkerar för natten. Det regnar lätt utanför. Han vevar ner sidorutan lite grann så att han får in frisk luft, sedan tar han på sig jackan och går ut och ställer sig och kissar mot ett stängsel. Långt borta hör han en bil som kör på landsvägen. Han sätter sig i sin Audi igen, hissar tillbaka ryggdynan så långt det går och försöker lägga sig till rätta så gott han kan. Innan han sluter ögonen för att sova, skickar han ett SMS till Robin att han har kommit fram. Sedan ringer han hem till Ritva och talar om att han är framme och att allt har gått bra hittills. Han hör oron i hennes röst och han vet att hon är arg på honom för att han åker upp till Ånge på egen hand och leker polis. Men samtidigt vet han att Ritva också vill ha ett slut på hela denna historia med Strandmyr och att det Conny nu gör kanske kan leda till ett snabbare gripande av mannen som försökte mörda deras dotter. Innerst inne både tror han och hoppas han att Ritva kommer att förlåta honom när han väl kommer hem igen, oavsett om han hittar Strandmyr eller ej.

Kapitel 19

Bara någon timme efter att Conny lämnade Mia på sjukhuset i Linköping kom ronden på Mias avdelning. Doktor Lennart Helgesson tillsammans med en sjuksköterska kom in till Mia och gav henne ett glatt besked. Doktorn sa att alla hennes värden var nu så pass stabila att om hon ville så skulle hon få åka hem. Helgesson hade pratat med sjukhuset i Västervik och ordnat så att Mia skulle få tillsyn av sjuksköterska två gånger om dagen tills vidare. Mia blev såklart överlycklig av beskedet, men ville överraska de där hemma och valde att inte säga något. Hennes hemkomst sent på kvällen skulle bli en total chock för alla där hemma, det var hon säker på. Sjukhuset hade ordnat så att en taxi skulle hämta henne klockan 21 samma kväll.

Utanför Glyttinge Camping sitter Ulf Strandmyr i en bil och ler för sig själv. Bara för en stund sedan hade han sett sin Mia på nära håll. Han hade varit så nära att han hade känt hennes parfym. Hon hade varit osminkad och medtagen. Ulf blir alldeles yr när han tänker på henne och han behöver träffa henne igen så snart som möjligt, och han vet nu på ett ungefär hur han ska bära sig åt för att kunna kidnappa henne redan ikväll. Bort från sjukhuset och ta henne till en plats där de kan få vara ifred! Där ska han fortsätta ömt vårda hennes skador tills hon var helt återställd. Varje minut som han är frånskild från henne är en pina. Det dröjer inte länge innan han är på väg in till sjukhuset i Linköping igen. Det bär honom emot att behöva vistas i sjukhusmiljö igen, där trängseln av hostande och sjuka människor får honom nära nog panikslagen men han är så illa tvungen. Ulf knäcker nervöst med fingrarna när han börjar närma sig den stora sjukhusparkeringen. Han har ingen exakt plan, men på något sätt behöver han gå tillbaka till Mias avdelning och försöka smälta in bland vårdpersonalen. Han parkerar bilen, ser sig i backspegeln. Med sitt rakade huvud och nya mustasch är han helt säker på att ingen skulle känna igen honom nu. Särskilt inte när han nu var klädd i sjukhuskläder. När han passerar ytterdörrarna till det enorma sjukhuset känner han den karaktäristiska sjukhusdoften och fortsätter genom den stora entrén och tar vänster i korridoren som leder i riktning där Mias rum finns. Han passerar ett café där några anhöriga och patienter träffas och fikar tillsammans. Det börjar bli sent och det är inte många besökande kvar nu på sjukhuset. Belysningen inne på sjukhuset verkar vara något mer dämpad så här dags. Diskret rättar Ulf till de korta byxorna så de inte ser så korta ut. De sitter långt nerhasade på rumpan, men det är det ingen som kan se, då sjukhusskjortan går ner en bit över rumpan. En bit framför honom går någon som fångar hans intresse. Det är en säkerhetsvakt och en kort man i vit skjorta med ett reklamtryck på ryggen, "Taxi Linköping."

En vakt och en taxichaufför? Att det cirkulerar många taxichaufförer här på sjukhuset är väl inte så konstigt, men varför skulle han gå tillsammans med en vakt för?

Ulf hör att de pratar om något och går lite snabbare för att komma närmare så han hör vad de säger. Han är bara fem meter bakom dem nu och han hör något om "en fruktansvärd tragedi för familjen" och "knivhugg" och "tur som överlevde."

Det måste vara Mia de pratar om. Helvete, det är väl inte så att de tänker köra hem min Mia till Västervik redan ikväll? Vilken tur att jag kom hit nu. Men hur ska jag kunna kidnappa henne? Vaktjäveln lär ju följa med henne ner till taxin.

Ulf viker av höger och sätter sig på en av stolarna vid ett väntrum. Taxichauffören och vakten har ytterligare en lång korridor kvar och sedan tar de av till höger och in på avdelningen där Mia befinner sig. Det finns ingen annan väg ut, så Ulf vet att de inom kort kommer passera korridoren bredvid honom. Han svär tyst för sig själv och börjar knäppa med fingrarna av nervositet.

Mia sitter i sin rullstol och har rullat in den på toaletten. Allting är packat nu. Hennes necessär är nerstoppad i väskan som står mitt i rummet. I handväskan som hon har i knät ligger två olika sorters värktabletter som hon tar var tredje timme. En sköterska var nyss inne med två stycken Festis så hon har att skölja ner med i taxin på vägen hem. Hon tycker det ska bli oerhört skönt att lämna detta tråkiga rum och längtar efter att få se sin mammas min när hon ser taxin stanna utanför dörren där hemma på Sjöviksvägen i Västervik. Bara för några dagar sedan trodde hon inte att hon skulle få komma hem än på några veckor, men enligt hennes doktor så läker hennes sår snabbt och de såg ingen anledning för henne att stanna kvar på sjukhuset. Men Mia har långt kvar än att bli helt återställd och hon får ännu inte ens försöka gå själv. Om hon anstränger sig för mycket riskerar hon att såren inuti kroppen går upp och orsaka inre blödningar. Katetern är äntligen borttagen hennes matlust har börjat komma tillbaka. Hon tar upp en hårsnodd från sin handväska, stoppar den i munnen och samlar ihop håret till en hög tofs. Hon stannar upp med blicken och ser sig i spegeln inne på toaletten och gör en missnöjd grimas. Hon har magrat. Kinderna är intryckta och hon har mörka ringar under de osminkade ögonen. Hyn är blek och håret är en katastrof. Det enda som funkar för håret för tillfället är tofs. Först funderade hon på om hon skulle försöka få på sig lite mascara åtminstone, men struntade i det. Om hon gjorde det så kanske folk skulle känna igen henne från tidningarna och det hade hon ingen större lust med, resonerade hon. En mjuk knackning hördes och polisen som brukar hålla vakt utanför rummet, Mias sjuksköterska samt en liten utländsk man i vit skjorta kommer in i rummet.

– Då så Mia, då var det dags att åka hem, säger sjuksystern och ler.

– Ja, äntligen! Ska bli skönt att få komma hem, svarar Mia. Sköterskan böjer sig ner och kramar om Mia försiktigt.

– Ta hand om dig nu och ansträng dig inte för mycket. Ta hjälp när du ska gå på toa eller ska ta dig någonstans. För vi vill ju inte ha tillbaka dig här igen, skojar hon.

– Jag lovar att vara försiktig. Tack för allt ni gjort för mig, säger Mia och får en liten tår i ögat. Hon lyckas blinka bort den så ingen skulle märka. Börje följer med dig och chauffören ner till taxin, och i morgon på förmiddagen så kommer det hem en sjuksköterska från din vårdcentral i Västervik och lägger om dina sår.

De säger hejdå och polisen Börje rullar ut Mia från rummet, vidare genom avdelningen och ut i korridorerna. Chauffören rullar Mias lilla resväska bredvid sig. Hon kan knappt fatta att det är sant, att hon äntligen ska få komma hem och äta mammas goda mat och få sova i hennes egen säng igen. Och träffa brorsan och syrran. Det är ovanligt tyst på sjukhuset tycker hon när de rullar genom de långa, tråkiga korridorerna men hon förstår att det beror på att klockan är strax över nio på kvällen. Snart är de nere vid entrén. Den lille taxichauffören har fullt sjå att följa med i Börjes tempo. Med Mias resväska i handen börjar han till och med få ett lätt flås. De passerar genom den stora svängdörren. Den mörka oktoberkvällens kyliga luft slår emot dem när de rullar ut från sjukhuset. Den lille gubben muttrar något om att aldrig kommer att vänja sig vid det svenska klimatet och rynkar irriterat på näsan. Lite längre bort till vänster står Mias taxi, en nyare vit Mercedes E200 och väntar på henne. Börje rullar bort Mia mot passagerarsidan på bilen och öppnar dörren. Mia tar lång tid på sig att sätta sig i bilen. Vid ett par tillfällen grimaserar hon av smärta men till slut sitter hon på plats och har säkerhetsbältet på sig.

– Så där då Mia. Då lämnar jag dig här hos chauffören. Du får ha det så bra nu då och se till att du piggnar på dig ordentligt, säger Börje och ler försynt.

– Tack snälla! Säger Mia och ler. Börje nickar hejdå till chauffören och går tillbaka in till sjukhuset. Chauffören som enligt id–brickan som sitter vid instrumentpanelen heter Mohammed, knappar in något i taxametern och nynnar tyst för sig själv. I backspegeln hänger ett radband och ett litet gulnat foto på sin familj. En stark doft blandat av tung herrparfym och cigarettrök får Mia att vilja veva ner rutan och vädra en stund, men avvaktar.

– Så, tillbaka hem till Västervik, va? säger Mohammed och ler överdrivet.

– Mm, nickar Mia och hoppas innerligt att han inte är en sådan där pratkvarn som kommer fråga om allt om mordförsöket på henne som han har läst om i tidningarna. För i så fall kommer det att bli en lång färd hem i kväll till Västervik. Hon tänker att hon ska svara i kort ton åt de första frågorna och vända sig bort från honom och titta ut genom sidofönstret när hon svarar, så kanske han förstår att hon inte vill prata. Men samtidigt så vill hon inte verka vara otrevlig.

Just när Mohammed startar bilen och lägger i Driveläget, knackar det på rutan. Innan Mohammed knappt hinner reagera, öppnar mannen bakdörren bakom Mia och kliver in och sätter sig.

– Oh, vilken tur att ni inte hann att åka! pustar mannen, som bryter på stark skånska. Mohammed vänder sig om och tittar förvånat på mannen som har sjukhuskläder på sig, rakat huvud, kraftiga ögonbryn och en ring i örat.

– Den här taxin är redan abonnerad mannen, säger han och tittar surt på mannen i baksätet.

– Hehe, ja jag vet det. Du ska köra Maria Lennersjö till Västervik. Men jag ska följa med, svarar mannen. Mohammed ser förvånad ut.

– Doktor Helgesson fick nog lite kalla fötter och tyckte det var bäst om en sjuksköterska följde med Maria i taxin, ifall hon behöver hjälp med något, säger mannen och tar stressat på sig bältet. Mia som sitter rakt framför honom, ser inte vem det är och känner inte igen rösten på sjuksköterskan, men tänker att det trots allt kan vara skönt att ha med någon ifall något skulle hända. Hon blir något osäker men hon kan inte dra sig till minnes att hon har haft någon manlig sjuksköterska med skånsk dialekt. Dessutom slipper hon kanske alla nyfikna frågor från chauffören nu, tänker hon.

– Jaha. Jaja, det går bra, säger Mohammed och slår ut med händerna.

De kör i väg från sjukhusparkeringen och vidare söderut längs Garnisonsvägen. Mohammed tycks inte ha något emot att få sällskap i bilen och nynnar lågt medan han kör vidare i riktning mot väg 35 och Västervik.

Ulf Strandmyr ler nöjsamt där i baksätet. Han lyckades komma med i Mias taxi! Det var på vippen att chauffören hann åka i väg med Mia utan honom, men han hann. Han vet att Mia ännu inte lyckas lista ut vem han är. Men de är på väg i fel riktning och detta måste ändras så snart som möjligt.

Det är helt otroligt! Jag sitter i samma bil som min Mia. Jag lyckades! Nu behöver jag bara göra mig av med den här jävla taxichauffören, sedan har jag en bil som kan ta oss ända upp till Ånge helt obehindrat. Ingen kommer att undra vart Mia är förrän sjuksköterskan från Västervik ringer på deras dörr i morgon förmiddag. Och efter det lär det bli fullständig kalabalik. Då kommer jag snart ha halva Sveriges poliskår efter mig. Fast det har jag väl redan… Men då är jag redan långt borta där ingen kan hitta mig eller Mia. Det här kommer bli bra.

Ulf kan inte hålla sig längre. Han böjer sig diskret fram mot Mias nackstöd och drar in ett djupt andetag. En svag doft av hennes schampo når hans luktsinne, men doften är inte lika stark som vanligt. Hon har antagligen inte duschat på ett par dagar, misstänker han. Men det ska han minsann ändra på när de kommer fram. Han ska hjälpa henne med allt. Från att duscha till att byta hennes kläder. Han tänker vårda henne, mata henne, vara henne till lags så mycket han bara kan. Han tänker behandla henne som den prinsessa hon är. För varje dag som går, kommer sakta men säkert hennes tilltro till honom att öka och vem vet –

kanske kan han släppa henne lös i huset tids nog, tänker Ulf. Han lutar sig försiktigt tillbaka igen och slappnar av. Mia och han är äntligen tillsammans igen. Men han vill så gärna höra hennes varma, vänliga röst igen. Han är tvungen att fråga henne något så att han får höra den.

– Maria, hann du gå på toa innan vi åkte? frågar han.

– Öh, jadå det är lugnt, svarar hon förvånat.

– Och din resväska, ligger den i bakluckan?

– Ja, Mohammed la den där, svarar hon. Hennes ljuva stämma klingar som de vackraste kyrkklockorna i Ulfs öron och han önskar att han bara kunde böja sig fram och kyssa henne i nacken och känna hennes varma hud mot sin. Men inte än. Han måste bli av med chauffören först.

Kapitel 20

Ånge 2013

Det är april och Ulf Strandmyr sitter ensam kvar på IT–avdelningen inne i kommunhuset i Ånge. Klockan är 17.35. Ute i korridoren är det nersläckt sånär som på en kvarglömd bordslampa. Endast en städare syns lite längre bort vid ekonomiavdelningen. Ulfs blick stirrar in i datorskärmen men hans tankar är någon helt annanstans. Han njuter av att äntligen få vara själv nu när de andra har gått för dagen. Slippa att ställa sig in, fråga folk om läget, le åt saker som de andra säger på fikarasterna och så vidare. Ulf hatar det. Men han behöver ha ett arbete för att kunna försörja sig. Kollegorna tycker Ulf är en hygglig prick men de har absolut ingen aning om varken hans trasiga uppväxt eller hurdan han egentligen är. Ingen vet att han äter starka mediciner för att hålla sinnet i schack och ingen vet att allt han gör och säger på jobbet bara är en fasad. En del kollegor misstänker att han är homosexuell, kanske på grund av sitt perfekt skötta skrivbord och sin perfekta frisyr och sina perfekt strukna skjortor han bär på jobbet. Men alla har fel. I hemlighet är han fortfarande kär i tjejen från dagis, Moa Bergström, som så tragiskt omkom i en olycka när Ulf var liten. Men Ulf har fortfarande svårt att förstå att drömflickan i hans liv verkligen är död. På otaliga websidor försöker han finna information om reinkarnation – pånyttfödelse. Ulf har fått för sig att det finns en relativt stor möjlighet att Moa är pånyttfödd i en annan kropp, men han har ingen aning om vilken person det skulle vara.

Förutom att söka efter sin barndomsförälskelse tänker han mycket på sin pappa. Eller rättare sagt sin styvpappa, Lennart, som Ulfs mamma träffade när Ulf var två år gammal. Lennart har varit som en vagel i ögat på honom i hela livet. Lennart har aldrig gillat Ulf och Ulf har aldrig gillat sin styvfar. Inte nog med att Lennart både har slagit, hånat och retat Ulf genom hela sin uppväxt, han har även ständigt och systematiskt misshandlat Ulfs mamma, Kristina. Så till den milda grad att hon numera ligger inlagd på Solbackens behandlingshem i Norsjö i Västerbotten, för kvinnor med både missbruksbakgrund och psykologiska åkommor. Hon lider av bland annat vanföreställningar om att hennes förra man, Lennart Strandmyr, ska komma och mörda henne. Som följd av alla års misshandel började Kristina dricka alkohol i stora mängder för att döva den psykiska och fysiska misshandel hon råkade ut för under många år.

Alla andra på avdelningen har gått hem men Ulf sitter kvar och funderar. Han tänker döda sin styvfar och han tror sig ha kommit på ett sätt att göra det utan att bli upptäckt. I veckor har han planerat hur det ska gå till och det är i kväll det kommer ske. Lennart är, precis som Kristina, väldigt svag för alkohol och det tänker Ulf utnyttja.

Han stänger av sin dator, tar på sig ytterkläderna och åker hem till sin lägenhet. Han kopplar upp sin laptop till jobbet och trixar med passersystemet så att det ser ut som att han, som sista man att lämna avdelningen, låste och larmade kontoret två timmar senare än vad han i själva verket gjorde. Ifall han skulle behöva ha alibi under kvällen. Bilen, en pedantskött vit Volkswagen Golf från 2002, ställer han så nära ingången till hans portuppgång som möjligt. Ingen ser när han en stund senare har packat in en spade, rep, en två meter lång trädgårdsslang, våtservetter och en brännvinsflaska utspädd med Fanta. Ulf vet att Lennart befinner sig i sin sunkiga lägenhet vid utkanten av Ånge. Den skaffade han sig några månader efter att skilsmässopapperna gått igenom och Kristina hamnade på vårdhem. Detta är visserligen en chansning, men Ulf tror att planen kommer att funka. Till nittionio procent så sitter Lennart just nu och dricker starköl och väntar på fotbollsmatchen som börjar om en stund. Så diskret som möjligt parkerar han bilen nedanför Lennarts trappuppgång och ringer hans nummer. Fyra signaler går fram innan en släpig röst svarar.

– Hej Uffe, är det du som ringer?

– Hej. Du, jag skulle behöva prata lite med dig, säger Ulf med stram ton.

– Jaha. Vad vill du då?

– Jag tänkte vi kunde ta det i bilen, kan du komma ner? Jag står utanför dig nu.

– Du kan väl komma upp i stället om det är så viktigt, snäser Lennart.

– Jag vill helst att du kommer ner, jag behöver visa dig en sak. Det gäller morsan. Lennart suckar högt och tvekar en stund, men nyfikenheten tar över och han bestämmer sig för att gå ner.

– Jaja. Jag kommer ner. Men det får gå fort i så fall för jag ska se på fotboll ikväll, säger han och trycker bort samtalet.

Två minuter senare kommer Lennart ner. Han ser ovanligt sur ut. Blicken är något flackande och gången ojämn. Ulf signalerar att han vill att Lennart ska hoppa in och sätta sig i bilen. Motvilligt och något teatraliskt gör Lennart en grimas och öppnar bildörren och kliver in och sätter sig.

– Det var inte igår. Är allt bra? undrar Lennart. Hans andedräkt stinker öl. Ulf tvivlar på att hans fråga är genuin, men svarar ändå.

– Det är okej, säger han och kör plötsligt i väg. Lennart rycker till.

– Vänta, vart ska du? säger han oroligt. Ulf fortsätter köra och tittar med koncentrerad blick rakt fram.

– Du får hänga med, jag ska visa dig en sak. Lennart upptäcker brännvinsflaskan som ligger strategiskt placerad av Ulf i mittkonsolen.

– Jag tog med en skvätt brännvin till dig. Som tack för besväret, säger Ulf. Lennart skiner upp som en sol.

– Jo man tackar, ja! Perfekt uppladdning inför matchen på tv:n ikväll, säger han och tar upp flaskan och börjar halsa några klunkar snabbt, ifall Ulf hinner ångra sig tänker han. *Han svalde betet. Nu gäller det bara att få honom att fortsätta dricka, men det lär väl inte bli så svårt. Drick på nu, din jävel.*

– Ja det är väl favoritlaget som spelar ikväll? frågar Ulf och försöker få i gång en konversation kopplat till Lennarts stora intresse.

– Tottenham Hotspurs! ler han stolt och tar en stor klunk till. Ulf fortsätter västerut på väg 83 och svänger sedan av på en grusväg som går rakt norrut.

– Äh, jag ska väl erkänna att jag redan har hunnit klämma en eller två öl, säger han och rapar dovt. *Det menar du inte, din jävla gamla alkis!*

– Vad var det du ville prata om? Morsan eller?

– Nej, jag vill inte prata om mamma, svarar Ulf och kör något för fort på grusvägen.

– Vad i helvete vill du prata om då? säger Lennart irriterat.

– Vad brännvinet gott? Var det lagom blandat? frågar han och undviker Lennarts fråga.

– Jadå, för fan, säger han och tar en stor klunk till. Flaskan var halvfull när de åkte. Det är inte mycket kvar nu.

– Wow! Det var krut i den här blandningen, det må jag säga! Det kan inte ha varit mycket utblandning i den, säger Lennart och håller sig i dörrhandtaget med högra armen.

– Jo, jag vet, det är inte så mycket Fanta i. Du pappa, jag måste fråga en sak.

– Vaddå?

– Är du nöjd med din uppfostran av mig? undrar Ulf. Lennart blänger på honom.

– Vad fan menar du med det? Vad fan svamlar du om? säger han surt. Frågan verkar vara känslig och han reagerar i försvar. Han försöker fokusera blicken på Ulf men det är svårt. Ulf har löst upp tio stycken sömntabletter i den brännvinsflaska som Lennart snart har druckit upp. Det är inte tillräckligt för att döda honom, inte ens för att få honom däckad, men det är inte meningen heller. Tanken är bara att han ska bli lättare att handskas med om en liten stund.

– Jag bara undrar om du är nöjd med hur du har uppfostrat mig under min uppväxt. Det är bara en rak och enkel fråga som jag vill att du svarar på, säger Ulf. De befinner sig nu någon mil nordväst om Ånge och vägen fortsätter i samma riktning. Överallt växer gammal tät granskog. Omgivningen är öde och ingen bebyggelse syns till.

– Det har väl för fan inte varit något fel på din uppfostran! Jag kanske har varit lite väl sträng i vissa lägen, det kan jag erkänna, men det har ju bara varit för ditt eget bästa, begriper du väl? Du har ju… du, vad fan har du haft i den här groggen egentligen? Jag blir ju alldeles yr. Och vart fan är vi på väg? Du ville väl prata om morsan, var det inte så? Är hon fortfarande inspärrad på psykhemmet? Hon har alltid varit klen i nerverna. Men det är ju inget som jag kunde rå för, eller hur? En jävla gnällkärring, det är vad hon är! Allt var tydligen mitt fel när hon ville skiljas. Ingenting var hennes fel, det är ju märkligt… Hon var inte heller så jävla perfekt, må du tro. Jo du, hon kunde vara riktigt jävlig hon med. Tjurig som fan… pratade inte med mig på flera dagar om vi hade bråkat. Fy fan vilket tjurhuvud!

– Jag kan berätta för dig att jag INTE är nöjd med min uppväxt, pappa. Minns du alla gånger du har slagit mig? Jag tror inte du gör det. Minns du alla gånger du har slagit min mamma? Minns du att du tvingade mig att bo ute i boden på tomten samma natt som du och mamma fick höra om fågelincidenten på dagis? Du tvingade mig att sova helt naken på det kalla golvet. Mamma grät och ville att jag åtminstone skulle få ha en madrass att sova på, men du vägrade. Jag skulle minsann lära mig av mina misstag, sa du. Jag skulle förnedras och straffas så jag inte skulle göra om samma dumhet. Jag sov inte ett dugg där natten, för jag var iskall och mörkrädd. Minns du alla glåporden jag har fått höra från dig under hela min uppväxt? Att jag var sen på att lära mig simma, att jag var tvungen att göra bra ifrån mig på militärtjänstgöringen. Du kallade mig fjolla och mongo. Ständigt detta jävla påpekande om att jag var mongo så fort jag gjorde något som inte föll dig i smaken, fortsätter Ulf. Lennart ser obekväm ut medan Ulf fortsätter berätta sekvenser ur hans barndom.

– Nja, nu överdriver du allt en smula. Sakta ner lite för fan, jag börjar nu bli yr, muttrar Lennart som börjar se nervös ut.

Hastigheten är nu alldeles för hög för den grusväg de åker på, men Ulf bryr sig inte om det utan rattar skickligt vidare allt längre in i de norrländska skogarna. Snart passerar de gränsen mellan Medelpad och Jämtland, enligt en liten blå skylt vid vägkanten. Lennart ser ut att må illa och hans ögon börjar bli glansiga.

– Du var nära att dränka mig när du försökte lära mig simma. Jag tror till och med att du blev rädd när du drog upp mig från bryggan vid något tillfälle då jag inte rörde mig. Men du bara lät mig återhämta mig ett par minuter, sedan tvingade du mig ut på djupt vatten, trots att jag var livrädd. Du kanske har glömt bort allt det där? säger Ulf, nu med betydligt högre tonfall.

– Nja, jag tror inte riktigt att det var så det gick till… mumlar Lennart.

– Snälla du, kan du stanna till bilen lite, jag mår inte så bra…

– Det var precis så det gick till! Du ska vara jävligt glad att ingen granne såg dig den dagen för då hade de ringt polisen, för det du gjorde var barnmisshandel. Eventuellt till och med mordförsök på mig. Vi ska köra en liten bit till, sedan ska vi stanna.

– Du Ulf, vi kan väl prata om det här, va? Du behöver väl inte vara så jävla arg? Vad fan har du hällt i spriten för något? Försöker du förgifta mig? Försöker du döda mig, din… din jävel? sluddrar Lennart och lutar sig fram mot handskfacket för att stödja sig.

– Nej pappa, jag försöker inte döda dig. Inte riktigt än i alla fall. Du har nyss fått i dig ungefär tio sömntabletter. Om man blandar det med alkohol så blir effekten mycket starkare men du kommer inte dö av dem, säger Ulf och tittar hånfullt mot sin styvfar. Med ett vrål stöter Lennart ut sin arm rakt i ansiktet på Ulf. Smällen träffar rakt på okbenet och det bränner till i ansiktet. Han vinglar till med bilen men lyckas hålla sig på vägen. Utfallet gjorde Lennart ännu tröttare och Ulf förstår att han snart är redo att stanna bilen. Lennart dreglar och rapar. Blicken är ofokuserad och han mumlar ord som inte går att uppfattas. Efter en stund kommer han på att om han stoppar fingrarna i halsen så kanske han kan spy upp sömntabletterna, men det är för sent. De har redan spelat ut sin roll i Lennarts kropp. Ulf svänger tvärt av på en mindre grusväg som knappt är körbar för en vanlig bil. De gamla granarna runtomkring står tätt. Grön mossa växer överallt på båda sidor om vägen. Det börjar sakta skymma ute men än så länge är sikten god. Tre hundra meter in på den lilla grusvägen stannar Ulf till. Bredvid honom sitter Lennart och flämtar kraftigt. Han försöker formulera ett ord men lyckas inte. Snabbt tar Ulf fram ett tjockt buntband och drar åt om Lennarts båda händer. Lennart försöker göra motstånd men det är lönlöst. Ulf går ut, öppnar passagerardörren och sliter ut Lennart. Det är knappt att han kan gå, men Ulf skjuter honom framför sig en bra bit in i skogen.

– Vad… vad i helvete ska du göra? mumlar Lennart och faller ner på den mjuka mossan. Ulf går tillbaka till bilen och öppnar bagageluckan och tar fram spaden.

– Jag ska nu gräva en djup och smal grop. Och när jag har grävt den tillräckligt djup så tänker jag fira ner dig i hålet med huvudet före. Sedan fyller jag igen hålet med jord så att bara dina fötter sticker fram. Men du behöver inte vara orolig, du kommer att få luft där nere i hålet. I botten tänker jag lägga lite grövre stenar och så kommer jag dessutom att lägga ner en slang bredvid ditt ansikte så att du får luft. I alla fall en stund, så du hinner få både gott om tid att tänka över allt skit du har gjort med mig och mamma. Dessutom hoppas jag att du är vid liv så pass länge att du känner smärtan från betten när vildsvinen börjar tugga på dig om ett par timmar när det blir mörkt, säger Ulf och spänner blicken i ögonen på Lennart.

– Du...du är för fan inte klok i huvudet, ungjävel! skriker Lennart och försöker komma loss från buntbandet.

– Nä, det stämmer. Jag är inte riktigt klok. Jag är sjuk i huvudet och jag tror att en orsak till det är du. Och du ska bara veta hur jävla rubbad jag är om jag inte tar min medicin. Jag har byggt upp ett hat mot dig under hela min uppväxt, men jag har varit rädd för dig. Jag har varit för klen för att göra motstånd, men det ska bli ändring på det nu. Det är dags att hämnas och den här gången kommer du inte undan. Du kommer inte att överleva det här, säger Ulf och stoppar in en vante i munnen på Lennart så hans skrik inte ska höras, sedan börjar han att gräva. Marken är porös och det går relativt snabbt att gräva i den mörka jorden. Ulf gräver och gräver och ett par meter bredvid honom ligger hans styvfar och gråter och skriker om vartannat i ren panik. Det tar en dryg halvtimme att gräva gropen tillräckligt djup. Den är smal, men det är precis som är tanken. Det har börjat mörkna rejält nu och Ulf går bort till bilen och slår på ljuset så att han kan se lättare.

När gropen är klar, går han bort till Lennart och tar tag under armarna på honom och börjar dra honom till gropen. Plötsligt verkar Lennart få oanade krafter och lyckas nästan famla sig ur Ulfs grepp, men det går inte. Han blir föst ner i gropen med huvudet före. Porös jord följer med ner i hålet. Med en duns slår han i huvudet i stenarna på botten. Lennart försöker skrika trots att han har en vante i munnen, men det kommer inte ut så mycket ljud. Men ögonen däremot fullkomligt skriker av dödsångest, ser Ulf när han tittar ner i hålet där hans styvpappa nu ligger.

– Jag hoppas det gör riktigt jävla ont när vildsvinen börjar gnaga i fötterna på dig, din jävel. Men du tänker väl inte skrika då? För du är väl ingen jävla fjolla som håller på och skriker? undrar Ulf och flinar. Lennart vrider och vänder sig frenetiskt där nere i hålet och han lyckas till slut spotta ut vanten. Men munnen blir snart full av jord som trillar ner när han vrider och vänder sig och han spottar och fräser när han försöker få bort jorden ur munnen. Försiktigt rullar Ulf ner lite större stenar runt Lennarts huvud, så att han ska kunna andas ett tag till. Sedan går han bort till bilen och hämtar vattenslangen och firar ner änden så den ligger intill Lennarts ansikte. När kroppen är täckt av stenar upp till axlarna börjar han skyffla ner resten av jorden i hålet, ända upp till fötterna. Skorna och strumporna ligger begravda någonstans där nere i hålet hos Lennart. Med ett snabbt och kraftigt snitt skär Ulf upp ena fotsulan så att det börjar blöda, så att vildsvinen snabbare ska få vittring. Ett dovt skrik anas långt där nere under jordmassorna. Ulf tar tag i vattenslangen och håller den nära munnen.

– Pappa! Jag vet att du kan höra mig där nerifrån. Du har nog en riktig jävla panik just nu. Allt blod samlas i huvudet och det lär pulsera ordentligt i tinningarna. Måste vara jobbigt att vara instängd i iskall, fuktig jord samtidigt som

143

man inte kan röra på armarna. Det hade jag tyckt i alla fall. Jag tyckte det knakade till när jag släppte ner dig, bröt du möjligtvis nyckelbenet? Eller gick bara axeln ur led? Det gör säkert skitont. Hoppas det. Hoppas det gör riktigt jävla ont. Men den riktiga smärtan kommer om en stund när vildsvinen börjar bita och slita dina fötter i stycken. Allt hade kunnat vara så väldigt annorlunda, pappa. Om du bara hade varit snäll mot mig och mamma, så hade det här aldrig behövt hända. Jag vill att det ska bli det sista du tänker på i livet, din jävel. Du ska tänka på att jag fick sista ordet den här gången – inte du! En sista sak innan jag lämnar dig här. Det sägs att hoppet är det sista som överger en. Men du kan glömma allt som har med hopp att göra. Du kommer aldrig kunna ta dig upp från den här gropen levande. Och om du all förmodan skulle göra det, så är det på grund av att vildsvinen är så starka i käftarna att de lyckas dra upp dig, men de lär äta upp dig då. Om du undrar om jag någonsin kommer att åka dit för detta, så är den chansen minimal. Jag har alibi, förstår du. Enligt vårt passersystem på jobbet så är jag faktiskt kvar där fortfarande. Det är nämligen jag som hanterar systemet och jag kan fiffla hur jag vill. Och hemma i min lägenhet så startade jag en bandspelare med min röst på, som låter som om jag har en livlig konversation i mobilen. Jag är rätt så säker på att grannarna hör den. De brukar nämligen banka i väggen när jag är lite för högljudd. De är så känsliga… Nä, men jag ska väl inte uppehålla dig mer, flinar Ulf och reser sig upp och borstar av sig om byxbenen.

– Jag har en sista hälsning till dig och den är från mamma, säger Ulf och drar ner gylfen och urinerar ner i slangen. Lennarts blodiga fötter rör sig ännu mer nu men Ulf bara flinar. Han stannar upp och ser sig omkring. Det är vindstilla och nästan helt mörkt ute nu. Det enda som hörs om han lyssnar riktigt noga är Lennart, som fortfarande rör på sig där nere i hålet.

Ulf torkar svetten ur pannan när han lagt tillbaka spaden i bagageluckan. Sedan tar han fram sina våtservetter och torkar noga av sina händer och ansikte från all smuts. Utan att se sig om mot jordhögen, sätter han sig i bilen igen och backar ut bilen till den större grusvägen och kör mot Ånge igen. När han kör längs grusvägen tar han upp sin mobil och slår numret till Solbackens behandlingshem i Norsjö och ber att få bli kopplad till Kristina Strandmyr. Efter en liten stund sprakar det till i telefonen och en trött röst svarar.

– Hallå det är Kristina.

– Hej mamma, det är jag.

– Ulf, är det du som ringer, säger hon med svag röst. Det blir tyst en stund.

– Mamma, jag har gjort en sak. En bra sak.

– Jaha? Tänker du komma och hälsa på mig snart? Det var så länge sedan vi sågs. Det var så länge sedan. Ulf, jag känner mig så ensam här…

– Det kan nog dröja lite tyvärr, mamma. Jag har en del saker att göra. Men jag tänkte bara ringa och säga att du inte behöver vara rädd något mer.

– Vad menar du, Ulf?

– Jag menar att du aldrig mer behöver vara orolig för pappa, aldrig någonsin. Det är bara du och jag nu, mamma.

– Vad menar du? Vad har du gjort nu, Ulf? undrar Kristina oroligt. Hon hör hur Ulf snörvlar i andra änden. Det blir en lång paus. Kristina väntar otåligt på att hennes son ska säga något.

– Pappa kommer aldrig mer att kunna göra varken dig eller mig illa. Aldrig någonsin igen mamma. Du kan känna dig trygg nu. Förstår du vad jag säger mamma? Det var bara det jag ville berätta, säger Ulf och avslutar samtalet hastigt. Han torkar tårarna med baksidan av handen och harklar sig. Sväljer och blinkar några gånger. Det tar några minuter för honom att samla sig igen. När han känner att han har samlat sig någorlunda igen startar han cd-spelaren. Han behöver höra någon musik som är lugnande just nu och han kan inte komma på något bättre än ett av hans favoritstycken som går i d-moll. Han trycker sig fram till tredje låten på skivan som sitter i, trycker på "play" och lutar sig lugnt tillbaka medan tonerna av Mozarts "Lacrimosa" tonar ut i högtalarna.

Kapitel 21

Robin och Lalla sitter i bilen på väg i norrgående riktning. Den gamla automatväxlade Saaben växlar smidigt och bekymmersfritt upp när Robin gasar på när de lämnar Västervik och svänger ut på E22. Lalla börjar redan så smått ångra sig att han ställde upp och följde med, men nu är det för sent att ångra sig. Ritva blev som väntat arg när Robin berättade att han och Lalla tänkte ta bilen och bege sig till Ånge för att hjälpa Conny att leta efter Strandmyr. Först hade hon vägrat överlämna bilnycklarna men när hon såg Robins blick, förstod hon att han hade bestämt sig och att han hade ingen som helst avsikt att ge med sig. Dessutom orkade hon inte ta denna fight också. Gråtandes hade hon gett honom en hård kram och bett dem vara rädda om sig. Hon hade varit tydlig med att om hon skulle få höra att någon av dem råkar ut för Strandmyr igen så hade hon behövt checka in på psykvården för gott.

Strax innan Norrköping stannar de på en Circle K- mack. Robin går ut och tankar medan Lalla går in i butiken under tiden och köper två french hot dog med vitlöksdressing. Så fort de har tankat fortsätter de norrut. Strax därpå svänger de ut på E4:an. Robin sätter farthållaren på 125 medan han tar de sista tuggorna på korven. Under tystnad fortsätter de bilfärden. Strax norr om Stockholm får Robin ett sms från Conny att han är framme och att allt har gått bra. Vid ett lämpligt ställe byts de av att köra. Lalla är ingen van bilförare och det var inte länge sedan han tog körkort och han är glad att Robin körde biten genom Stockholm. Trafiken där hade varit betydligt tätare och även Robin satt fullt koncentrerad på att hålla bilen i rätt fil. Vid midnatt hade de passerat Gävle och tröttheten började göra sig påmind. Grabbarna hade varit ovanligt tysta under bilfärden hittills. Ingen av dem visste såklart vad som skulle vänta dem i Ånge och ovissheten gjorde dem extra spända. Robin kollade i mobilen GPS.

– Vi lär vara framme i Ånge strax efter tre i natt.

– Okej. Vet du exakt var Conny är nu? undrar Lalla.

– Ja, jag har fått adressen på gatan där han har parkerat. Jag tänker att vi kan parkera bredvid hans bil, så sover vi där några timmar. Sedan så får vi prata ihop oss med farsan om hur vi ska lägga upp de kommande dagarna. Låter det okej? undrar Robin. Lalla nickar till svar. Det duggar lätt utanför. Temperaturmätaren i bilen visar på åtta grader. Robin har redan funderat flera gånger på om han hann packa allt han behövde. Kanske hade han behövt några kalsonger och strumpor till, ifall de blir borta länge. Kanske även en tjockare jacka. Han vet att de kommande dagarna kommer bli jobbiga och ansträngande. Hur vet han inte ännu, men det visar sig, tänker han. Tankarna går till hans mamma. Han vet att hon absolut inte vill att han skulle åka hit, men Robin känner sig tvungen. Att Ritva ska behöva oroa sig ännu mer nu när inte bara Strandmyr är på fri fot, utan både Conny och han själv är i väg för att leta efter honom, tär på honom och han har dåligt samvete. *Det här känns så konstigt. Nu sitter man i en bil på väg till Ånge för att leta efter en mördare och psykopat. Som om man vore i* nån jäkla amerikansk film. Gör jag rätt egentligen, som åker hit? Borde jag vara hemma och ta hand om mamma och lillsyrran i stället? Eller gör jag rätt som åker efter farsan och hjälper honom att leta efter Strandmyr? Borde kanske både jag och farsan ge fan i och lägga oss i letandet efter Ulf? Varför skulle vi lyckas bättre än polisen? Kanske vore det bättre att bara vara hemma och avvakta. Men jag är som pappa, jag kan inte slappna av ordentligt om kvällarna i vetskap om att Strandmyr är lös där ute någonstans. Inte Mia heller, jag vet att hon är lika orolig som jag. Hon kan inte heller helt slappna av förrän Strandmyr är bakom lås och bom igen. Eller död. En kula i huvudet på honom hade varit det bästa. Han förtjänar inte att leva längre. Men jag tänker inte bli som honom. Jag kan aldrig ta en människas liv, oavsett vad denne har gjort. Men om vi bara kan åtminstone lokalisera Strandmyr så kontaktar vi polisen. Det är säkrast så. Då har vi gjort vad vi kunnat. Jag är jäkligt tacksam för att Lalla hängde med mig, för utan honom vet jag inte om jag vågat åka upp hit. Kanske. Farsan är riktigt modig måste jag säga, som åker i väg själv i jakten på Strandmyr. Men det är nog inte mod som driver honom, det är rädslan. Rädslan för att en dag stå öga mot öga mot Strandmyr och få bröstet uppskuret av hans kniv. Rädslan för att Strandmyr försöker döda syrran igen och rädslan för ovissheten om vart han befinner sig någonstans. Kanske är det rädslan som fick Lalla att ändra sig och följa med mig. Det är definitivt rädslan som driver mig att leta efter Strandmyr. För det finns ingenting matchoaktigt i att åka i väg såsom jag gör nu. Jag är enbart riktigt jävla rädd, det ska erkännas. För mitt eget liv och min familjs. Den som är säkrast av alla just nu är syrran, som befinner sig på ett sjukhusrum som är bevakad av polis.

Kapitel 22

I taxin försöker Mia se i sidospegeln på personen som sitter bakom henne, men hon kan knappt urskilja något alls i det mörka baksätet. Hon är trött och dåsig av både smärta och starka värktabletter och har ingen större lust att påbörja en konversation med vare sig taxigubben eller killen i baksätet. Dessutom börjar det bli sent och hon är trött. Hon rättar till jackan så att den blir som en kudde. Hon lutar sig bakåt och försöker blunda en stund och faller snabbt in i ett skönt lugn, men rycker till av att killen i baksätet börjar prata. Han petar på chaufförens axel.

– Du, ursäkta. Jäkligt pinsamt men du skulle inte bara kunna stanna till vid en parkering så jag får gå ut och pinka? Glömde göra det innan vi åkte. Riktigt ledsen alltså, säger Strandmyr på sin tillgjorda skånska.

– Va? Ska du stanna och pissa redan, mannen? undrar chauffören något irriterat. Ulf börjar bli stressad och inser att de snart är ute på väg 35 och där är det svårt att stanna till. Tiden går och för varje minut de färdas i fel riktning, förlorar han dyrbart försprång som han har till polisen. Visserligen lär de få reda på att något har hänt Mia innan sjuksköterskan kommer förbi hemma hos henne i morgon förmiddag, men ändå. Han ser en busshållplats hundratalet meter framför honom.

– Du kan stanna till där framme vid busshållplatsen så springer jag bara snabbt ut och kissar, ljuger Strandmyr. chauffören muttrar något på sitt hemspråk och saktar in och blinkar höger. Så fort bilen har stannat till knäpper Ulf hastigt av sitt bälte och lägger armen om Mohammeds nacke och klämmer åt hårt och länge. Mia förstår först inte vad som händer och skriker högt. Mohammed sprattlar med benen och försöker bända sig loss med händerna men det är lönlöst. Det gurglar ur munnen från Mohammed och motståndet blir snabbt allt svagare. Mia fortsätter att skrika och bankar på Ulfs armar för att hjälpa den stackars chauffören, men det är lönlöst. Mohammed är blå i ansiktet och armarna slutar snabbt göra motstånd. Sakta släpper Ulf taget om halsen. Mohammeds huvud faller slappt åt sidan. Ulf vänder sig om mot Mia, som ännu inte förstått att det är Ulf Strandmyr som sitter i baksätet.

– Shhh! Du behöver inte skrika, älskling. Det är bara jag, Ulf, säger han i nästan viskande ton. Men Mia fortsätter att skrika så mycket hon orkar och försöker med darrande händer lossa på bältesknappen för att ta sig ur bilen. Men medan Ulf slår undan hennes händer så att hon inte kommer loss, försöker han samtidigt kränga av Mohammeds bälte som sitter i byxorna. Men Mohammeds midja är kraftig och Ulf har problem att få av bältet, samtidigt som han försöker hålla en skrikande Mia i schack. Till slut finner han inget annat val än att dämpa Mia på sämsta tänkbara sätt. Med ett kraftigt slag slår han henne i ansiktet med armbågen. Hennes huvud far bak mot nackstödet och studsar tillbaka. Han slår henne ytterligare en gång och denna gång ännu hårdare. Mia svimmar av. Det blir äntligen tyst på henne. Blod rinner ut från båda näsborrarna och hennes överläpp börjar svälla upp.

– Förlåt älskade Mia, men jag hade inget val. Du repar dig tills i morgon, viskar Ulf och smeker hennes kind. Sedan tar han snabbt av Mohammeds bälte och binder fast Mias händer och fäster bältet i bildörrens innerhandtag. Nu sitter hon ordentligt fast, och även om hon vaknar så kan hon inte komma loss. Han ser sig om. Varken några personer eller bilar syns till. Bara ett par minuter senare har Ulf dragit ut Mohammed ur bilen och lagt honom bakom busskuren. Ulf står ovanför honom och flåsar lätt. Han böjer sig över Mohammed för att höra om han andas. Ett svagt pip hörs och Ulf gör en bekymrad min.

Sedan reser han sig upp och trycker ena foten på Mohammeds hals tills han inte andas längre. En stund senare styr Ulf taxibilen norrut igen, i riktning mot Ånge. Bredvid sig sitter hans älskade Mia avsvimmad. Med ena handen försöker Ulf försiktigt torka bort det värsta blodet som ringer längs Mias ansikte.

Kapitel 23

Vid fyratiden på morgonen kommer Ulf och Mia äntligen fram till Ånge, men Ulf har inte för avsikt att stanna där. Mia har vaknat efter att ha blivit slagen medvetslös för några timmar sedan utanför Linköping. Hon har ont, är trött och skakar av rädsla. Hon är nu fullt medveten om att mannen som försökt mörda henne sitter just nu bredvid henne i en bil någonstans på en för henne okänd plats.

– Kan du stanna, jag måste kissa säger hon och ser på Ulf fastän hon inte vill se på hans ansikte. Det är knappt hon känner igen honom nu när han har rakat av sig håret och skaffat sig en mustasch. Men rörelserna och rösten är detsamma och det ger henne rysningar. Hon vet precis hur han låter när han pratar och hans röst från när de var tillsammans på Måsskär ekar i huvudet. Det har det gjort ända sedan den där dagen då hon förstod att allt inte var som det ska med honom. Hon kan ännu inte fatta att det som händer just nu är sant. Att hon har blivit kidnappad av mannen som försökt döda henne är helt ofattbart och helt obeskrivligt och hon vet inte vad han har för planer med henne. Men troligtvis verkar han ha ångrat sig och vill att hon ska fortsätta leva. Annars hade hon väl inte suttit här i bilen med honom, resonerar hon. Att man kunde känna sig så liten och värnlös som hon just nu känner sig, det kunde hon aldrig i sin vildaste fantasi föreställa sig. Hur hon ska kunna ta sig ur den här situationen har hon absolut ingen som helst aning om och hon började fundera på flyktplaner så fort hon kvicknade till efter att ha blivit slagen medvetslös av honom. Utanför är det mörkt. De saktar in vid en parkeringsficka. Gula gatljus går längs vägen och det ser ut som om de närmar sig någon slags bebyggelse, men Mia bara gissar.

– Det är klart att du ska få kissa gumman. Jag stannar till här så ska du få gå ut. Vi har åkt länge så det är fullt förståeligt, säger Ulf och ler mot henne medan han svänger in på parkeringen. Hon får nästan kväljningar när han hör att han kallar henne "gumman."

– Vart är vi på väg egentligen? undrar hon när Ulf kommer runt bilen och öppnar bildörren. Han sätter sig på huk framför henne och ser på henne med ledsen blick.

– Jag tänkte att vi ska börja på ny kula du och jag. Det blev så fel den där gången ute på den där ön. Jag gjorde verkligen bort mig då, det erkänner jag och jag ångrar verkligen hur jag betedde mig, säger han och sänker blicken. Mia svarar inte men blir äcklad av att han ens är i närheten av henne.

– Låt mig hjälpa dig med bältet, säger han och sträcker sig över henne för att lossa det.

– Rör mig inte! skriker hon och Ulf ryggar tillbaka. Han var inte beredd på att hon skulle reagera så starkt och han blir ställd.

– Visst, förlåt! säger han och ryggar tillbaka medan han lyfter upp händerna i en oskyldig gest. Mia tar av sig bältet och reser sig mödosamt upp från sätet. Det gör ont i hela överkroppen och benen är skakiga. Med små steg går hon ner i diket och upp för den lilla slänten. Fuktigt gräs blöter ner hennes byxben. Luften är klar och kylig och hon funderar på vart hon befinner sig någonstans. Förmodligen inte i närheten av Västervik i alla fall, för så här ser inte vegetationen ut där och inte heller i närheten av Linköping, för där är naturen mer flack. Möjligtvis ser det ut så här lite mer inåt landet. Lite längre upp från diket växer tät sly och hon går in en bit så inte Ulf längre kan se henne. Fläskläppen hon fick när Ulf slog henne värker och pulserar och hon har huvudvärk. Medan hon kissar funderar hon på om hon skulle ha någon som helst chans att kunna fly nu, men hon inser att det skulle vara helt omöjligt. Hon är för svag. Alldeles för svag och det är knappt att hon klarar av att sätta sig på huk. Att skrika nu skulle vara helt meningslöst då ingen skulle kunna höra henne. Just nu ser hon inget annat val än att gå tillbaka till bilen och vänta på ett bättre tillfälle. Hon måste vara så pass iskall, trots att det kryper i kroppen på henne att tvingas vara i närheten av Ulf Strandmyr. Kanske möter de någon bil som hon kan vinka till. Men vad skulle Ulf göra då? Slå henne igen? Nej, sitta och vifta till någon mötande bil skulle knappast hjälpa, tänker hon. Hon stapplar med stor möda tillbaka till bilen och sätter sig och ignorerar Ulfs otäcka, slemmiga leende när han står och håller upp bildörren åt henne.

– Vart är vi? Vart ska vi någonstans? undrar hon ängsligt när bilen börjar rulla igen. Ulf ser belåten ut där han sitter och Mia tvivlar på att han begriper vad han egentligen håller på med.

– Vi ska åka till ett ställe i mina gamla hemtrakter. Där ska du få vila upp dig i lugn och ro. Det måste ha varit hemskt för dig att vistas i sjukhusmiljö och vara på ett ställe utan folk du inte känner. Men det kommer bli bättre nu, ska du se. Mig känner du ju, ler Ulf.

– Vaddå för jävla ställe? Är vi i Ånge? undrar hon nervöst.

Ulf bara ler åt henne så där charmigt som bara han kan, men numera går hon inte på hans charm.

– Du fattar väl att alla kommer att leta efter mig? Polisen söker efter dig dag och natt! Det är bara en tidsfråga innan de hittar oss, fattar du inte det? skriker Mia och snyftar. Ulf skakar på huvudet och flinar.

– Har du inte följt skvallret i tidningarna? Polisen har redan varit här i trakterna och letat men hittade ingenting som tyder på att jag är här. De koncentrerar sig i stället att söka på olika platser runtomkring Västervik och i skärgården, så jag känner mig relativt säker. Och jag tror knappast att denna vita taxibil vi åker till drar blickarna åt sig, säger Ulf nöjt. Men Mia kommer att tänka på vad det står på taxibilen. Med stor text står det "Taxi Linköping" på både bakrutan och på sidorna.

Undra om folk lägger märke till att det står "Taxi Linköping" på bilen, eller om de bara tänker att det är en vanlig taxibil. Hur vanligt kan det vara att en taxi från Linköping får ett uppdrag ända upp hit? Det är ju ganska osannolikt. Snälla, snälla, låt någon smart person dra den parallellen att det är konstigt att en taxi från Linköping är i Ånge, att jag ligger på sjukhuset i Linköping och att Strandmyr är på fri fot och larmar polisen. Snälle, gode Gud, gör så att det finns någon som lägger märke till detta! Men folk är ju knappt vakna ännu och Ulf kanske parkerar bilen på ett ställe där ingen ser bilen?

– Jag vet att du är väldigt arg och upprörd nu, Mia. Du som skulle hem till dina föräldrar och hade förstås sett fram emot det. Jag förstår verkligen om du är arg på mig nu, men det kommer att ändra sig, jag lovar. När du bara inser hur mycket jag bryr mig om och tar hand om dig så kommer du så småningom känna att, alla de där människorna nere i Västervik, de älskar dig inte lika mycket som jag.

– Du är sjuk Ulf! Fattar du inte det?! Du kan inte hålla på och kidnappa folk, jävla idiot!

– Sluta säg att jag är sjuk! Jag vet att…att jag har vissa tankegångar som inte går i paritet med majoriteten av befolkningen. Men idiot, det är jag inte. Jag bryr mig om dig, Mia! Om jag hade varit en idiot så hade jag inte kunnat älska dig, förstår du väl. Du och jag, vi ska ju starta ett nytt liv tillsammans, säger Ulf med bestämd min och ökar hastigheten. De har kört igenom det lilla samhället nu. Asfaltsvägen smalnar av och de fortsätter västerut. Mia försöker hela tiden lokalisera sig och memorerar vart de åker. Hon vet att de nyss körde igenom Ånge, för det stod på skylten i början av staden och hon vet också att de precis har lämnat den igen och verkar fortsätta i västlig riktning, men hon är inte säker.

Konstigt att han inte försöker dölja mer vart vi ska någonstans. Är han inte rädd att bli avslöjad? Eller är han så säker på att jag inte kan rymma?

En kvart senare kör de igenom ett sommarstugeområde som heter Juånäset. Ulf kör förbi en mindre badplats och in på en liten grusväg och en skylt med texten "privat väg." Området är lummigt och den höga häcken som går runt huset har säkert inte blivit klippt på flera månader. Strax därpå tar han vänster ner på en större tomt med ett slitet äldre hus med bakelitväggar.

Är det här han tänker hålla mig inspärrad? Ingen kommer någonsin att hitta mig här! Snälle gode Gud i himlen, hjälp mig!

Ulf tar fram en vante ur fickan och håller framför Mia och ser henne allvarligt i ögonen.

– Vi kan göra detta på ett enkelt sett eller så kan vi göra det den svåra vägen. Men oavsett så tänker jag stoppa den här vanten i munnen på dig så du inte kan skrika. Visserligen så tror jag inte det finns en kotte häromkring som kan höra dig, men ändå. Vi kan ju inte ta några risker. Vi ska nu gå in i huset framför dig och jag vill inte veta av att du försöker rymma, okej? Både du och jag vet att du inte har den styrkan i din kropp ännu, eller hur? Ulf blänger strängt på henne som om hon vore någon småunge som blir tillsagd av sin mamma. Hon nickar och ser ner i backen. Helst av allt vill hon inte möta hans blick. Helst aldrig någonsin mer, men hon förstår att det kommer bli oundvikligt. De kliver ur och går upp för trappan till husets dörr som vetter mot sjösidan. Ulf fipplar med nyckellåset och låser upp den gamla oisolerade dörren och föser in Mia i huset. Det luktar unket och instängt. Alla möbler är borta. Det finns inga gardiner kvar. Allt är bortrensat på köksbänkarna sånär som på en trave vita plastmuggar och papptallrikar.

Vad är det här för hus han har fått tag på? Äger han det? Ingen verkar ju bo här. Är det tänkt att Ulf och jag ska bo i det här gamla huset? Det är ju iskallt här inne och det verkar ju inte vara möblerat heller.

– Du ska bo här nere, säger han och föser Mia mot en trappa som leder ner till källaren. Reflexmässigt stretar Mia först emot men ger sedan med sig och går ner för källartrappan. Här nere är det ännu råare luft än på övervåningen. Rummet nedanför trappan är ett litet skabbigt rum som verkar ha fungerat som förråd, med tanke på trähyllorna längs bortre väggen. En svag doft av rengöringsmedel blandas med den unkna källarlukten, tänker Mia. Längre åt höger finns en korridor med dörrar på båda sidorna. Golvet är av betong. En gång i tiden var det grönmålat, men det mesta av färgen har flagnat bort.

– Jag har gjort i ordning ett rum åt dig där du ska bo. Det är inte riktigt färdigt ännu, men det får duga så länge, säger Ulf och föser in Mia i ett litet rum utan fönster. I rummet finns en madrass på golvet med en kudde och täcke, ett litet bord och två stolar. På bordet ligger en hög med gamla skvallertidningar. Bredvid sängen står ett konvektor-element som Ulf går fram och sätter på.

– Det är lite kallt nu men om bara någon halvtimme så tror jag nog att det är betydligt behagligare här inne, ler Ulf. Toalett finns utanför mitt emot ditt rum och behöver du gå dit så är det bara att knacka. Du måste tänka på att det här är bara tillfälligt, Mia. Så fort du och jag lär känna varandra lite bättre och du har… ja vad ska jag säga… lugnat ner dig… så behöver du inte vara inlåst. Men jag tror detta är bäst just nu… Jag ska gå upp och fixa något att äta till oss. Jag är strax tillbaka, säger han och går ut och stänger dörren. Mia hör hur en nyckel vrider om låset på andra sidan och hon hör hur han kontrollerar att dörren är låst. Hon är nu instängd i ett källarrum i ett ödsligt fritidshusområde uppe i Norrland. Hon fryser, är rädd och har ont och hon är på en plats där ingen i hela världen kan höra om hon skriker.

Kapitel 24

Jakob Öhman är femtiotre år och jobbar som polis i Ånge. Han har gjort så ända sedan han gick ut polishögskolan med medelmåttiga betyg. Han är hundraåttiosju centimeter lång och väger på tok för mycket. I hela sitt vuxna liv har han levt ensam i samma tvårumslägenhet på Hemskogsvägen tillsammans med sina tre perserkatter. På sin fritid tycker han mycket om att gå långa skogspromenader runt trakterna utanför Ånge. Just den här dagen är han ledig och har blivit bjuden på elvakaffe hos sin gamla mamma som bor i en stuga i Juånäset som ligger en bit utanför Ånge. De här trakterna hittar han lika bra som i hans egen ficka, då han växte upp här men flyttade in till Ånge centrum efter sin polisutbildning. Ånge är en trött liten norrländsk håla där det inte händer så mycket, men det gör inte Jakob någonting, tvärtom. Att flytta till en större stad och jobba som polis där skulle säkert bara innebära mer stress och hårdare arbete, resonerar han. Dessutom vill han inte flytta ifrån sin mamma. Tjugo minuters bilavstånd är lagom. De pratar med varandra dagligen, minst en gång, gärna två. Klockan är tjugo minuter i elva när han närmar sig Juånäsets första hus. Han ler för sig själv när han fastnar med blicken på husets röda fasad. Här har han varit många gånger som grabb och sparkat boll. Till och med sovit över där, då det var hans klasskamrat Janne Hedlund som bodde där. Numera är det nya ägare. Ett yngre par med en dobermann, har han sett när han kört förbi med sin röda Volvo 740. Jakob kör sakta vidare längs grusvägen genom stugområdet och tar vänster vid T-korsningen där alla brevlådorna finns. Han nickar åt gubben Andersson som är ute och fixar på tomten och gubben hälsar glatt tillbaka. Här i trakterna vet alla vem Jakob Öhman är och många känner igen honom sedan han sprang omkring här sedan han var liten. Att han dessutom jobbar som polis gör honom inte mindre känd bland stugägarna. Jakob parkerar sin bil på den allmänna parkeringsplatsen som finns en bit längre bort. Det är den som badgästerna använder om somrarna när de ska ner och bada. Med viss möda tar han sig ur bilen och går de sista två hundra meterna till huset där hans mamma bor. Det är mulet men uppehåll, men gårdagens ihärdiga regnande har gjort att den lilla stigen han går på är lerig på sina håll. I handen håller han en Konsumkasse med två liter mjölk och en limpa som hans mamma Karin bad honom köpa. Samt en vetelängd till fikabröd åt dem. Medan har går längs stigen blickar han ner mot sjön. Det är dystert ute och det går knappt att se över till andra sidan på grund av den lätta dimman. Husen längs vattnet ligger glest. Runtomkring är det uppvuxet och lummigt. De flesta tomterna avgränsas av någon sorts häck, någon enstaka tomt har trästaket i tryckimpregnerat virke. När han går förbi Karlssons soptunna stannar han till och rynkar på ögonbrynen.

Det står en vit taxibil utanför Lennartssons gamla hus. Vad fan gör den där? Huset står ju tomt sedan i mars, vad jag vet. Och annonsen ligger ju kvar på blocket. Jag kollade ju senast för ett par dagar sedan. Mamma skulle väl ha sagt om någon hade köpt det?

Jakob går sakta nyfiken in på tomten och försöker se om han kan se någon person genom fönstren, men ingen syns till. Inte heller kan han se att någon sitter i taxin.

Konstigt. Kan väl knappast vara inbrott, för så dum är väl ingen så de tar en taxi till brottsplatsen? Jag borde nog ringa in till stationen om detta, jag är ju ledig. Men vad fan, en snabb koll kan jag väl ändå göra medan jag är här. Mamma får vänta några minuter.

Det är tjugotalet meter ner till huset där taxin står parkerad. Huset är ett av de större i området och inkluderar en källare. Den bergiga tomten sluttar starkt ner till strandkanten som ligger trettio meter från huset.

Egentligen har Jakob ingenting på andras tomter att göra, men han känner sig på något sätt ändå skyldig att kolla vem som har parkerat på Lennartssons tomt. Medan han sakta närmar sig huset känner han instinktivt med handen längs sidan efter sin pistol, men den är inte där. Han är civilklädd nu och känner sig på något konstigt sätt naken nu när han inte har sitt tjänstevapen på sig. Han går förbi bilen och ser på gångplattorna som leder till ytterdörren. Det finns leriga fotspår på vissa av dem, men regnet har sköljt bort det mesta. Inga lampor verkar vara tända vad han kan se. Han vänder sig om och ser runtomkring på tomten, men ingen syns till. Tvekande går han fram till dörren och knackar försiktigt på. Medan väntar på att någon ska öppna, börjar han ångra att han knackade på.

Vad har jag egentligen med att göra vem som befinner sig i detta hus? Jag borde väl inte snoka. Men strunt samma, vem det än är så kan borde de väl inte bli sura bara för att jag undrar vem som är här? Det borde de väl begripa att man kan undra? Skulle de bli aggressiva så kan jag ju faktiskt visa min polisbricka. De vet ju inte om jag är i tjänst eller inte.

Plötsligt hör han hur någon närmar sig dörren och han rätar på sig. I handen håller han Konsumkassen med maten han handlat till sin mamma och han känner sig en smula fånig och funderar på vad han ska säga när dörren öppnas. Han hör hur dörrlåset vrids om på insidan och Ulf Strandmyr öppnar dörren sakta.

– Ja?

– Hej! Eh, Jakob heter jag. Jag… eh… min mamma bor här i närheten och jag var på väg till henne när jag såg att en bil stod parkerad här på tomten. Ja, jag vet ju att huset har stått tomt och är till salu sedan i våras så jag blev bara lite nyfiken, får Jakob fram och rodnar om kinderna. Ulf blir som förstenad, men bara för ett par sekunder innan han samlar sig.

– Jaha. Hej, hehe. Ja du undrar förstås vem jag är. Olle Lundin heter jag. Jag kommer från Skåne som du hör på den vackra dialekten, skämtar Ulf och lägger sig till med skånsk brytning.

Fan i helvete, jag skulle ha parkerat taxin i garaget med en gång. Hur fan kunde jag glömma det? Avsaknaden av mina mediciner gör mig så dåsig och konstig. Hur ska jag ta mig ur den här situationen nu då? Nu gäller det att spela teater…

– Jag och min sambo är spekulanter på huset och vi fick lov från mäklaren att ta oss en titt för oss själva i lugn och ro. Ja, mäklaren hade inte tid att följa med idag och just idag var det enda datumet vi kunde, ljög Ulf.

– Aha, på så vis. Jakob, ser fundersam ut och gungar fram och tillbaka med kroppen och ser Ulf djupt i ögonen. Fortfarande inte helt övertygad av Ulfs förklaring och polisen i honom får honom att granska Ulfs kroppsspråk och ögon.

– Vilken mäklare var det? Lasse eller Tina Berg?

– Det var Tina som vi har pratat med, ljuger Ulf men försöker hålla masken så gott han kan.

– Okej. Men, varför åker ni taxi hit? Har ni tagit taxi från Skåne? undrar han och försöker se in över Ulfs axel och vidare in i huset. Det enda han ser är hallen och en bit av köket som ser större ut än vad Jakob kommer ihåg. Fast utan möbler ser rum alltid större ut, påminner han sig själv.

– Öh, nja jag driver en egen taxiverksamhet så det är därför jag åker taxi hit, ljuger Ulf och försöker se så sanningsenlig ut som möjligt.

– På så vis… Jakob fortsätter blicka över axeln för att se längre in i det tomma huset. För en tiondels sekund blixtrar det till i Ulfs ögon och han misstänker att Jakob anar oråd, men finner sig snabbt igen.

– Så du har varit i det här huset tidigare? undrar Ulf.

– Jadå, många gånger. Som barn var jag ofta här och rände, ler Jakob och får något drömskt i blicken.

– På så vis. Du kanske vill komma in och se hur det ser ut nu? undrar Ulf och tar ett steg åt sidan för att visa att Jakob är välkommen in. Jakob tvekar först.

– Tja, varför inte? Det var ju inte igår man var här, svarar han och kliver förbi Ulf och vidare in i den tomma hallen. Det ekar lätt när han kliver in med sina skor på hallgolvet av brun klinker från sjuttiotalet. Ulf stänger dörren om dem och iakttar Jakob noggrant när han vankar sakta fram genom hallen och ställer sig vid källartrappan och tittar ner. Jakob lutar sig lätt framåt och lutar händerna på knäna och spanar ner i trappan.

– Sist jag var här så var det gröna medaljongtapeter. Men nu ser det fräschare ut, säger han och blickar runt ner mot källaren. Ulf står någon meter bakom Jakob och släpper honom inte med ögonen. Blicken är uppspärrad och hela kroppen är på helspänn. Jakob böjer sig framåt lite till och försöker nyfiket se längre in i källarutrymmet.

– Det är inte dåligt det – att åka från Skåne och hit till Ånge för att se på ett sådant här gammalt hus, säger Jakob, fortfarande med blicken riktad neråt källaren. Ulf knäcker nervöst med sina fingrar men svarar honom inte.

– Vad är det som lockar med utkanten av Ånge, om man får vara nyfiken? undrar Jakob och vänder sig om. Ulf slår ut med armarna i en uppgiven gest.

– Ja du, det är min sambo som har släkt häromkring. Så på den vägen är det, svarar Ulf. Små svettpärlor börjar bildas i tinningen på honom och han hoppas att det inte ska synas. Men ju mer han tänker på det desto mer känner han hur han svettas.

– Jaha, på så vis. Bor ni på hotellet här i Ånge då eller? undrar Jakob och trummar med ena handen på väggen. I den andra handen håller han fortfarande Konsumkassen.

– Ja precis. Vi bor på hotellet inne i Ånge, säger Ulf sammanbitet. Jakob spänner ögonen i honom och rynkar på ögonbrynen. Han önskar att han hade sitt tjänstevapen med sig nu mer än någonsin och misstänker att situationen när som helst kan bli hotfull eller rentav farlig.

Vem är den här killen egentligen? Varför har han tagit sig in till just det här huset? han ser ganska klent byggd ut, honom borde jag kunna klara av i närstrid om det börjar hetta till.

– Hörrudu, varför ljuger du? Hotellet håller stängt för ombyggnad nu i höst, vi har inga mäklare som heter varken Tina Berg eller Lasse och dessutom så stod det Taxi

Linköping på bilen här utanför. Vem är du egentligen? Du talar ju inte sanning för fem öre! dundrar han med barsk röst. Innan Jakob hinner reagera får han en stenhård knuff i magen av Ulf. Hans hundratjugofem kilo tunga kropp faller handlöst ner för trappan bakom honom och han skriker till när han tappar balansen. Konsumkassen far upp i luften och ner i trappan. En av mjölkförpackningarna spricker och mjölk rinner ner för trappstegen. Jakob landar med ryggen och huvudet neråt på några av de nedre trappstegen och fortsätter sedan ett halvt varv runt och hamnar på mage på källargolvet. Högra armen går av i fallet och ligger i en konstig vinkel. Han stönar kraftigt och vrider sig av smärta. Ulf rusar ner för trappan och trycker sin fot hårt mot Jakobs hals så att luftstrupen täpps till. Jakob kippar efter andan så gott han kan, men får inte in någon luft. Ögonen spärras upp i panik och pulsen är nära max.

– Varför i helvete skulle du dyka upp här för?! Ska du förstöra allt? Du ska jävlar inte tro att du kan komma emellan Mias och mitt liv! Hör du det din jävel! skriker Ulf och trycker ännu hårdare mot Jakobs hals. Jakob försöker förgäves ta bort foten från hans hals men det går inte. Vänster hand orkar inte ta bort foten och hans trasiga högerarm lyder inte. Han bankar frenetiskt med vänster arm på Ulfs ben, men Ulf bara stirrar på honom med iskall blick.

Mia som sitter inlåst i ett rum bara några meter därifrån hör vad som händer i källaren, men hon vågar inte skrika. I stället sätter hon sig på madrassen och drar upp knäna mot sin kropp. Hon håller för sina öron så hårt hon kan så hon slipper höra vad Ulf gör med mannen utanför. Hon behöver inte höra för att förstå vad som sker där ute.

Kroppen skakar av rädsla och tårarna rinner ner för kinderna.

Sakta ser Ulf att Jakobs blick bli alltmer livlös. Snart slutar Jakob kämpa och huvudet lägger sig stilla åt sidan. Fortfarande slår hans hjärta med svaga slag men han är medvetslös. Med ett kraftigt tryck med foten krossar Ulf struphuvudet på sin motståndare och ett lätt krasande ljud hörs. Ingen som helst luft kan nu nå ner till Jakobs lungor. Minuten senare slutar Jakobs hjärta att slå. Ovanför honom står Ulf och andas häftigt. Han torkar svetten ur pannan och stirrar på den livlöse mannen. Han svär högt.

– Fan också! Vad skulle du hit och göra? Och vad ska jag göra av dig nu då? Och vem kommer att leta efter dig och när? Helvete, vad du sabbar för oss!

Ulf lutar sig mot trappräcket och andas kraftigt. Han funderar vad han ska ta sig till härnäst. Några sekunder senare tar han sig snabbt upp till övervåningen igen och går ut genom ytterdörren och vidare ut mot förrådet som finns på tomten. Han kommer snart tillbaka med en röd rulle med sopsäckar och en yxa. Nervöst ser han sig om efter folk men han ser ingen. In i huset och ner till källaren igen. Den röda rullen med sopsäckar slänger han på källargolvet medan han håller yxan i handen och blänger surt på Jakob. Hans huvud är alldeles blått och halsen ser deformerad ut.

Fan också! Se bara vad du fick mig att göra nu! Bara mer bekymmer, hela tiden. Som om inte jag har tillräckligt med problem. Polisen jagar mig, massmedia skriver om mig. Och så kommer du och ska lägga näsan i blöt.

Strandmyr ser att Jakobs mobil ligger på golvet bredvid honom. Han tar upp den och trycker på den. Displayen lyser upp och han ser ett meddelande från någon. Han läser högt. **"Hej, är du på väg? Kaffet är klart. /mamma."** *Fan också, hans morsa väntar på honom!* Ulf testar att låsa upp telefonen med sifforna 1234, men det är fel kod. Han testar igen med en annan vanlig kombination, 1111, men inte heller det lyckas. Han svär tyst för sig själv igen och tänker att om han bara lyckas komma in i mobilen så kan han skriva till mamman att han inte kommer idag. Det borde hindra henne från att leta och kanske till och med hindra henne från att leta här i närheten. Men ingen kombination som han försöker med lyckas.

Hur fan kom han hit? Bor han i området eller har han en bil här någonstans? Ulf känner i Jakobs byxfickor och hittar bilnycklar som tillhör en Volvo. Genast tar han upp bilnycklarna och hastar upp för källartrappan och går med bestämda steg bort mot parkeringsplatsen. Där står mycket riktigt en Volvo och Ulf förstår att det måste vara Jakobs. Skyndsamt startar han bilen, ser sig orolig omkring och kör sakta bort mot huset igen. Intill huset finns ett slitet garage. Strax är bilen inkörd och porten stängd. Ulf passar även på att köra in taxibilen bakom garaget. Det är trångt och smalt, men bilen får nätt och jämnt plats. Sedan täcker han över den med en gammal presenning som han hittade i garaget ingen kan nu se att bilen som finns dold under presenningen är en vit taxi. Snart är han tillbaka i källaren igen och ställer sig lutad över Jakobs kropp.

Efter ett djupt andetag höjer Ulf yxan och hugger av ena armen på Jakob. Det krävs fyra hugg för att själva skelettet vid axelfästet ska gå av, sedan hugger han några lätta hugg för att huden runtomkring ska släppa från resten av kroppen. En pöl av blod rinner ut på golvet men inga mängder då hjärtat inte länge pumpar. Han stoppar i armen i sopsäcken och han förvånas hur likstelhetens process redan tydligt har påbörjats.

Nu ser du allt, pappa! Jag är ingen mes, inget jävla mongo som du alltid kallade mig! Jag kan minsann ha ihjäl en människa och jag kan stycka kroppen efteråt! Gör om det du om du kan, din jävel! Du kan jävlar inte säga att jag inte duger till något längre. Jag både vågar och kan!

Ulf snyftar medan utför det han måste där nere i källaren och han förbannar sin pappa för allt han har kallat honom under hela sin uppväxt. Trots att det var många år sedan som Ulf mördade sin styvfar så hyser han ändå agg mot honom fortfarande.

Kroppsdel för kroppsdel styckas och stoppas i sopsäckar och Ulf får kämpa emot vid flera tillfällen för att inte kasta upp. Han har dödat förr, men aldrig styckat någon och det bär honom emot att lägga varma, kladdiga kroppsdelar i säckar. Men han behöver bli av med kroppen på något vis och det här är det bästa sättet han kommer på just nu. Mia som befinner sig instängd i rummet lite länge bort hör hur det har väsnats där nere i källaren, trots att hon har hållit för öronen, men hon har inte förstått att Ulf har styckat en man. Det enda hon kan hoppas på nu är att hon blir hittad av polis så snart som möjligt, innan hon tappar förståndet fullständigt.

Snart är hela Jakobs stora kropp styckad och lagd i olika säckar. Den svåraste biten för Ulf var att dela på själva bålen, för hela bålen skulle omöjligt få plats i en enda sopsäck. Och även om han skulle lyckas knöla ner honom i en enda säck så skulle den aldrig hålla att bära upp och ut ur huset, den skulle spricka av tyngden. När yxan klyver magsäcken, gallblåsan och ändtarmen blir stanken för mycket för Ulf. Han kaskadspyr rakt över likdelarna men biter ihop och fortsätter arbetet. Två timmar senare står det sex sopsäckar nedanför källartrappan. Golvet är upptorkat och Ulf är rentvättad så gott det går. Sittandes på golvet med ena benet uppdraget ser han nöjsamt på säckarna borta vid trappan. Det luktar fortfarande fruktansvärt illa i huset. En konstig lukt han aldrig tidigare känt. Kroppsvätskor blandat med Klorin, men stanken skulle väl försvinna efter några dagar, resonerar han. Ulf ler nöjt och tänker på Mia som sitter inlåst i rummet bredvid.

Detta var en rejäl plump i protokollet som jag inte hade räknat med. Jag har låtit Mia få vara ensam i sitt rum alldeles för länge och jag måste verkligen fortsätta bygga upp hennes förtroende för mig. Resten av dagen tänker jag tillägna min älskling. Inte nog med att jag ska servera henne mat som jag vet att hon gillar, jag ska även försöka prata gamla minnen med henne. Och plåstra om hennes sår och ge henne värktabletter. Kanske jag till och med kan få henne att skratta lite? Det kan jag säkert. Jag vet att Mia gillar mig, innerst inne. Hon tycker jag är snygg, det har hon sagt till mig rakt ut. Att jag har en annorlunda frisyr nu går ju så klart att ändra på. Hon kommer säkert att kunna glömma gammalt groll. Förr eller senare. Jag löser allt med min övertalningsförmåga, det vet jag. Om jag bara får förklara för henne hur jag känner så kommer hon att mjukna. Nu har vi all tid i världen, hon och jag. Min Mia...Det här kommer bli bra.

Kapitel 25

Robin och Lalla svänger in på en industrigata i Ånge tidigt på morgonen. Det är fortfarande mörkt ute och överallt är det tyst i det lilla samhället. Ett par långtradare har parkerat för natten längs gatan. Längre fram på gatan skymtar de en röd Audi A6, det är Connys. De parkerar bakom Connys bil och tittar sedan på varandra.

– Vi får väl försöka blunda några timmar så diskuterar vi med farsan i morgon hur vi ska lägga upp det hela, säger Robin och gäspar. Lalla gäspar också och knäpper av sig bältet.

– Ja, det ska bli gött att få sova ett par timmar, jag är skittrött.

– Jag tror farsan sover, han verkar inte ha märkt att vi har kommit. Jag ställer ingen klocka, farsan lär väcka oss, säger Robin.

– Det gör han säkert. Fy fan vad obekvämt det är att sova i en bil, gnäller Lalla och lägger sin jacka över sig och vevar tillbaka sätet så långt det går. Robin vevar ner sin ruta en liten bit så de får in luft, sedan lutar han också sig tillbaka och försöker sova en stund. En timme senare är klockan drygt fem på morgonen och Robin har ännu inte somnat, trots att han är trött. Men tankarna kan inte sluta snurra. När han tänker på att det faktiskt finns en ganska stor möjlighet att psykopaten och mördaren Ulf Strandmyr kan vara bara kilometrar från honom just nu gör honom nervös. Han funderar på hur de ska lyckas hitta honom och om de skulle hitta honom, vad skulle de göra då? Ringa polisen? Eller slå ihjäl honom? Han hade inte svaret på den frågan ännu. Men han hoppas innerligt att han har tillräckligt med självdisciplin att inte låta känslorna gå över styr och döda honom. Till slut somnar Robin. Han drömmer oroligt och vaknar och somnar om flera gånger i det trånga och obekväma förarsätet i bilen.

När klockan är halv tio vaknar Robin och Lalla med ett ryck av att Conny bankar hårt på bildörren. Det är svårt att se sin pappa för all imma på rutan men hör på rösten att det är han. Han låter uppjagad och hans ängslan i rösten får Robin att vakna till på bara någon sekund.

– Grabbar, snabbt! Öppna fort som fan, det har hänt något! Robin låser upp och öppnar bildörren, men Conny verkar otålig och sliter upp den så att Robin rycker till. Utanför står hans pappa med ett ansikte som är kritvitt.

– Mamma ringde nyss, det verkar som att Strandmyr har kidnappat Mia!

– Vad i helvete säger du? Har han hämtat henne från sjukhuset i Linköping? undrar Lalla och hissar snabbt upp stolsryggen. Conny skakar ivrigt på huvudet och andas på tok för snabbt när han försöka formulera en mening.

– Mia hade fått lov att komma hem, men hon ville överraska oss, så därför ringde hon aldrig hem och sa något. En taxi skulle ha kört hem henne i går kväll. Men det var först nu för en stund sedan som mamma ringde och sa att det ringde på dörren nyss. En sjuksköterska från sjukhuset hemma i Västervik skulle komma och titta till Mia. Men mamma visste ju ingenting om det såklart, så hon ringde upp till Mias avdelning i Linköping och då berättade de att Mia hade åkt hem redan i går kväll, fortsätter Conny som börjar sakta få tillbaka färgen i ansiktet.

– Det kan väl inte vara någon annan än Strandmyr som är i farten. Helvete! skriker Robin och bankar i ratten så hårt att bilen skakar.

– Men är vi helt säkra på att det är Strandmyr då? undrar Lalla.

– Polisen har bekräftat att de har hittat den taxichaufför som fick uppdraget att köra hem Mia. De hittade honom ihjälslagen bakom en busshållplats i utkanten av Linköping. Men visst, de vet ju inte att det är Strandmyr till hundra procent, men sannolikheten är ju jäkligt stor, eller hur? säger Conny. Han andas fortfarande alldeles för snabbt och han står och stampar med fötterna medan han håller ena handen i bildörren. Det är kallt ute och det bildas moln av ånga när de pratar. Robin bryter ihop och lägger ner sitt huvud på ratten med armarna över huvudet.

– Inte en gång till, inte en gång till… stackars, stackars Mia…snyftar han.

– Vad fan ska han göra med henne den här gången? Sist försökte han ju mörda henne inne på gymnasiet. Men när han fick nys om att hon fortfarande var vid liv så gör han nu ett nytt försök? funderar Lalla.

– Det är inte omöjligt, men tänk efter nu lite. Om han verkligen ville ha ihjäl henne så skulle väl hon ligga bredvid den där taxigubben? Men det gjorde hon ju inte. Han måste ha åkt vidare med henne någonstans, säger Conny.

– Ja kanske det. Men vart i så fall? undrar Lalla och sätter på radion. Klockan är halv tio på förmiddagen och de sänder inga nyheter för tillfället. Snabbt tar han upp sin mobil och surfar fram till Aftonbladets hemsida. Där läser han på förstasidan: **"EXTRA – Västervikspsykopaten tros ha kidnappat flicka från sjukhus"**

De läser att polisen har spärrat av all trafik både in och ut från Linköping och att flera poliskårer nu letar för fullt efter honom och Mia Lennersjö. Spaningshelikoptrar cirkulerar på flera stora platser. Lite längre ner läser de att polisen får mycket kritik för att de ännu inte lyckats fånga Ulf Strandmyr som har varit på flykt i veckor nu. Robin torkar snabbt bort tårarna och harklar sig.

– Den jäveln är smart. Han visste att han hade ett par timmars lucka på sig att fly, för ingen skulle misstänka något förrän tidigast i morgon förmiddag. Men Strandmyr hade tur att Mia skulle överraska oss hemma och inte berättade det för oss och därmed fick han ytterligare flera timmar på sig. Han kan vara var fan som helst nu.

– Han kan vara här någonstans, säger Lalla.

– Ja det kan han definitivt. Vi har absolut ingen tid att förlora. Om Mia fortfarande är i livet så svävar hon i livsfara. Vi måste börja leta efter henne på en gång! säger Conny.

– Låt oss nu ta ett par minuter och fundera hur vi ska gå till väga. På vilka ställen har vi tänkt att leta någonstans? undrar Robin.

– Ja… jag är ju ingen detektiv, men vi måste väl leta på ställen där Strandmyr har kopplingar? Föräldrahem, kompisar, grannar. Stackars Ritva där hemma, hon är i upplösningstillstånd, säger Conny oroligt och tuggar nervöst i läppen.

– Jag kollade en del på Flashback under bilfärden igår. Där kan man få fram en hel del information, säger Lalla.

– Vad har du hittat? frågar Conny stressat. Trots att morgonen är kall har han hunnit få små pärlor av svett i sin panna. Robin tänker snabbt att den här stressen som hans pappa utsätts för nu, absolut inte är nyttig, då han redan äter medicin för högt blodtryck.

– Jag har adressen där Ulfs pappa bodde innan han dog. Även adressen till deras gemensamma bostad när Ulf var yngre. Då bodde de i ett sommarstugeområde en bit utanför Ånge. Hans morsa verkar nu bo på psykhem någonstans långt uppåt i landet.

– Vänta, menar du att Ulfs pappa är död?

– Ja, enligt Flashback så är han död. Det står att han var en suput och det spekuleras i att han har ramlat i Ångesjön och drunknat. Men ingen kropp har hittats. Detta var för några år sedan. Såklart har många spekulerat i att det är Ulf som har slagit ihjäl honom men ingen vet säkert, fortsätter Lalla.

– Det bästa är om vi delar upp oss. Jag och Lalla kan åka till Strandmyrs farsas gamla lägenhet. Vi kan lyssna med grannarna där, kanske de kan komma med någon information. Pappa, kan inte du åka till deras gamla stuga där de bodde förr? Och försöka höra dig för lite med grannarna runtomkring? frågar Robin. Conny tvekar och kliar sig i skäggstubben.

– Jag vet inte… jag gillar inte att lämna er två. Strandmyr är en livsfarlig jävel. Skulle han upptäcka er innan ni upptäcker honom så är risken stor att han försöker döda er.

– Vi måste ta risker nu. Tänk på att den som lever farligast av alla är syrran. Vi lovar att vara försiktiga och det måste du med vara. Gör så här nu att du åker mot ett ställe som heter Östavall. När du kommer dit så fortsätter du mot Juånäset. Det är det sommarstugeområde som Strandmyrs bodde på förr. Det ska tydligen vara någon badplats där också så det borde vara lätt att hitta. Jag sms:ar adressen. Jag och Lalla åker och kollar upp lägenheten där Strandmyrs farsa bodde innan. Vi kommer ut till dig sedan så hjälper vi till att knacka dörr och försöker få information om Ulf.

– Okej då. Men var jävligt försiktiga, grabbar! Lova mig det. Och om ni skulle se något skumt så håll er undan och larma polisen, säger Conny och ser på dem med oro i blicken.

Kapitel 26

Medan grabbarna ser Conny åka i väg i sin bil, börjar de göra sig i ordning för avfärd mot Ulf Strandmyrs pappas gamla lägenhet. Robin startar bilen och låter den stå på tomgång en stund och vrider på värmen på max. Det är nära nollgradigt ute och de båda fryser, dessutom är de hungriga. Robin skickar ett textmeddelande till Conny om adressen där Ulf växte upp, sedan åker de till första bästa bensinmack de ser och köper lite att äta. I bilen utanför OK/Q8 dricker Lalla en Red Bull och äter en kanelbulle. Robin sippar på en svart kopp kaffe i en pappmugg och en ostfralla. De börjar sakta men säkert börja få upp värmen i kroppen nu. Men Robin mår inte bra alls. Allt tyder på att Strandmyr har kidnappat hans syster och ovissheten om ifall att hon är i fortfarande är i livet eller inte gnager i honom. Hans tvillingsyster är som en del av honom själv. Förutom Lalla är hon hans bästa kompis och det är få saker de inte känner till om varandra. Lalla sneglar på sin kompis och ser att han sitter försjunken i jobbiga tankar. Han knackar Robin på låret med knytnäven.

– Du! Vi ska hitta den jäveln. Jag tror definitivt att Mia fortfarande lever. Om han hade velat döda henne så hade han redan gjort det på sjukhuset. Eller samtidigt som han dödade den där taxichauffören. Men han gjorde inte det, tänk på det, Robin.

– Jo… svarar han medan blicken flyter i väg någonstans bortanför macken.

– Vi kan inte ge upp nu. Käka upp så åker vi och snokar lite hos grannarna där Strandmyrs farsa bodde, försöker Lalla peppa. Robin svarar inte men äter upp sin frukost. Han tycker allt känns hopplöst och önskar bara att han och hans familj just nu satt hemma i vardagsrummet en helt vanlig fredagskväll och åt tacos framför tv:n.

En stund senare parkerar de på en parkeringsplats en bit ifrån lägenheten där Lennart Strandmyr bodde. Med pirr i magen ringer de på Lennarts gamla granne.

Kapitel 27

Conny sitter i sin Audi på väg 83 i riktning mot Juånäset. Han har precis kört över ån som förbinder Ångesjön med Håtjärnen alldeles i utkanten av Ånge. Den gamla smala asfaltsvägen är dålig och ojämn. Klockan är tio och det är knappt några bilar ute på vägarna. Vädret fortsätter att vara mulet men temperaturen är på plus i alla fall. Han vill inte tro att allt han hört från Ritva under morgonen är sant utan han hoppas att han snart vaknar upp ur denna fruktansvärda mardröm.

Under tiden han kör funderar han på vad Mia gör just i detta nu. I allra värsta fall är hon död. Men han kan inte tänka så, han får inte. Han måste utgå från att hans älskade dotter fortfarande är i livet, annars går han under. Hur skulle hans liv se ut om inte Mia finns längre? Hur skulle han då få krafter att gå vidare i livet? Hur skulle han kunna trösta Ritva, Lisa och Robin när han själv behövde bearbeta sin sorg? Ögonen tåras och det börjar bli svårt att se vägen. Underläppen börjar darra lätt och benen känns lätta och konstiga. Snabbt torkar han bort tårarna och försöker stålsätta sig, trots att han är på bristningsgränsen för vad en förälder kan klara av. Han måste. För Mias skull. Och för Robins, Lisas och stackars Lallas skull och för sin frus skull, som på grund av Strandmyr är ett nervvrak där hemma på Sjöviksvägen. Och för alla de stackare som inte längre lever på grund av Strandmyr. Hårt kramar han åt ratten, fokuserar blicken på vägen och ökar hastigheten. Knogarna blir vita och blicken blir skarp.

Den här gången ska han fan inte komma undan. Aldrig i helvete. Ser jag honom så dödar jag den jäveln, jag skiter i om jag hamnar i fängelse, det är värt det. Jag ska visa honom en vrede han inte trodde fanns! Huvudsaken Mia överlever och kan sluta oroa sig för Strandmyr så hon kan leva ett normalt och lyckligt liv igen. Nu är alla medel tillåtna och jag är beredd att ta konsekvenserna. Ulf Strandmyr ska dö!

En stund senare kommer Conny fram till Juånäset. Den lilla stugbyn ser öde ut och han tvivlar på att någon bor här permanent. Men om han har åkt ända hit så tänker han minsann undersöka stället ordentligt. Eller är det här rent av det perfekta gömstället för Strandmyr? Han tänker vända och vrida på varenda sten efter information om vart Strandmyr kan tänkas gömma sig. Conny tänker att om han inte får fram någon information av de som han kan fråga, ska han smyga upp på något lämpligt ställe och helt enkelt ligga och spana. För om Strandmyr finns här lär han förr eller senare behöva lämna huset. För att köpa mat till exempel. Han ställer bilen vid badplatsens parkerings-plats, kliver ut och låser bilen. Hela stugområdet verkar öde. Inga fönsterlampor lyser i stugorna ser han, men tänker att det kan bero på att det ljust ute. Den kalla höstluften gör sig påmind och han drar upp dragkedjan på jackan så mycket det går.

Lika bra att göra det här systematiskt. Jag börjar längst bort till vänster där bebyggelsen börjar och går sedan bortåt. Synd att jag inte har någon kikare med mig. Men jag borde kunna se att det höga gräset som finns på de flesta tomterna här är upptrampat om någon har gått på det, det senaste dygnet. Eller hjulspår på tomterna. Eller någon lampa som är tänd. Det borde kunna gå att hitta någon ledtråd som avslöjar honom, om han nu är här.

Med bestämda steg går Conny den lilla grusvägen som leder bort till de sista husen på området. Många av husen är i dåligt skick. En del är lite större och har nyare altaner medan andra ser ut att vara oisolerade stugor i fallfärdigt skick. På vissa tomter står fortfarande blå studsmattor kvar. Den ordningsamme Conny skakar på huvudet och kan inte förstå varför man inte plockar ner dem och förvarar dem snyggt och prydligt i ett förråd när sommaren är över. På en av tomterna står en gammal gräsklippare kvar mitt på gräsmattan. Conny misstänker att ägaren kommer få ett elände att få i gång den nästa gång han försöker starta den. Han suckar och går vidare. Till vänster om honom finns en rad med brevlådor vilket innebär att det finns bofasta, tänker han och får upp hoppet om att hitta någon han kan prata med. Conny går vidare. I det näst sista huset i området lyser en lampa i det som verkar vara ett kök. Huset ligger vackert intill sjön. Instinktivt stannar han till. En rysning går genom kroppen. Likaväl som det kan vara en helt vanlig sommarstugeägare, kan det vara Strandmyr som håller till här, tänker han och går tillbaka och rundar tomten bredvid.

Om det nu finns någon i huset så borde de inte ha kunnat sett mig, jag var alldeles för långt ifrån. Härifrån ser jag inte ett dugg. Men om jag rundar tomten bredvid mig och går på huk fram längs häcken där borta så borde jag kunna få en bra syn in genom fönstret utan att jag blir upptäckt.

Snart står Conny på huk bakom en häck av thujabuskar och kisar med ögonen in till stugan med det upplysta köket. Han ser att någon rör sig där inne, men han kan inte se om

181

det är en man eller kvinna. Inte heller en ungefärlig ålder. Om han skulle gå närmare så skulle han lätt bli upptäckt. Han svär och funderar på vad han ska göra. Det tar inte många sekunder för honom att komma på att han kan ta en bild med sin mobil och sedan förstora upp bilden. Men när han ska ta ett foto på huset så syns inte personen till längre. Med blicken fast riktad mot stugan väntar han på att någon ska synas. Fem minuter går och fortfarande syns ingen till. Conny börjar bli kall och hans hand som håller mobilen är stel. Kyliga vindar tilltar från sjön. Frustrerad över att tiden rinner i väg utan att något händer får honom att fundera på om han ska försöka ta sig runt på andra sidan stugan. Kanske kan han se om han kan se bättre därifrån. Just då är det något som rör sig inne i stugan. Så snabbt han kan, försöker Conny knäppa en bild med sina stelfrusna händer. Bilden blir suddig men när förstorar upp den lite så kan han ändå se en man på bilden.

Det ser ut som en äldre man, han verkar vara skallig. Det här kan inte vara Strandmyr, det borde vara säkert att knacka på och fråga om han har sett något skumt häromkring.

Conny skickar ett sms till Robin. **"Är framme i Juånäset. Ganska ödsligt här men har precis hittat en stuga där någon verkar bo. Ska knacka på och höra mig för. Hur går det för er? /pappa"**

Det bär honom emot att gå fram och knacka på okända hus, men han gör det ändå. Det finns ingen dörrklocka på stugan. Conny knackar i stället på den tunna glasrutan i dörren och det dröjer inte många sekunder innan han ser mannen komma för att öppna.

– Ja? säger mannen och ser väldigt sur ut.

– Ursäkta jag stör. Conny heter jag och jag undrar om jag bara snabbt kan få ställa ett par frågor?

Gubben ställer sig med armarna i kors, nästan som i försvarsställning.

– Är du från Jehovas Vittnen så är jag inte intresserad, snäser gubben surt.

– Nej det är jag inte, jag lovar, säger Conny och ler.

– Nähä, i så fall går det väl bra. Vad rör det sig om då?

– Du har säkert hört talas om den här mördaren och psykopaten Ulf Strandmyr som nyligen rymde från fängelset? undrar Conny. Gubben nickar.

– Ja den jäveln har man ju hört talas om. Det går ju inte en dag utan att de nämner honom på nyheterna. Fy fan, vilken dåre! fnyser gubben och gör en grimas.

– Nu är det så att i går kväll så kidnappade han min dotter och jag misstänker att Strandmyr gömmer sig här i trakterna kring Ånge, där han kommer ifrån. Så jag försöker gripa varje halmstrå jag kan nu och därför tänkte jag helt enkelt fråga runt lite. Vet du möjligtvis någonting om Strandmyr som kan vara bra att känna till? undrar Conny. Gubben släpper ner sina korslagda armar och gapar av förvåning när han får höra vad Conny berättar. Hans ögon blir glansiga. Han pekar på ytterdörren.

– Kom in och stäng dörren, det blir kallt. Vi sätter oss i köket lite, säger han och stapplar i väg och sätter sig på en köksstol.

– Jag kan inte ens föreställa mig hur du känner dig nu, mumlar gubben och stirrar ner i köksbordet. Conny låter honom smälta vad han nyss berättat några sekunder och väntar tålmodigt på gubben för att höra om han har något att berätta.

– De där Strandmyrs, de var allt riktigt speciella. Vi undvek dem så mycket vi kunde, jag och hustrun. Vi byggde den här stugan 1956 och sedan dess har vi bott här.

Min fru gick tyvärr bort för många år sedan men jag har stannat kvar. Ser ingen anledning till att flytta. Det finns för många fina minnen härifrån. Allt som finns här på trädgården och i huset är det jag äger och de flesta av de möbler du ser har jag tillverkat själv. Jag undervisade som träslöjdlärare inne i Ånge förr. Det finns inga lån kvar på stugan, säger gubben stolt och sträcker lite på sig. Conny väntar tålmodigt på att få höra om gubben vet något som han kan ha nytta av.

– Vad var det som var så speciellt med Strandmyrs? undrar Conny.

– Pappan i familjen var inte snäll. Frun i huset svansade omkring runt honom som en strykrädd hund. Ofta såg man henne med blåmärken på kroppen, även i ansiktet. Ja, vi grannar var inte dummare än att vi förstod att han misshandlade henne. Men det var väl inte det värsta ändå…

– Vad menar du?

– Jag försvarar inte Ulfs handlingar på något sätt ska du veta, men jag säger bara det att det inte är underligt att han har blivit som han blivit, fortsätter gubben och reser sig och går bort och hämtar två kaffekoppar och ställer fram på bordet. Utan att fråga om Conny vill ha, häller han upp kaffe och skjuter fram koppen till honom.

– Jag känner redan till en hel del om Ulf, säger Conny som egentligen inte är sugen på kaffe.

– Är det för tidigt för en konjak till kaffet? undrar gubben och ser frågande ut. Conny förstår att han nog är väldigt ensam här ute och kanske är glad att det kommer någon som vill prata med honom. Men någon alkohol så här dags på en förmiddag är inte aktuellt. Särskilt inte när läget är som det är. Han skakar på huvudet och får fram ett litet leende. Gubben rycker på axlarna och häller upp ett glas till sig själv och ställer det bredvid sin kaffekopp.

– En annan gång kanske. Då vet du säkert vilket hus som Strandmyrs bodde i? Jag tänker att det finns en liten möjlighet att han har rymt tillbaka dit till sitt gamla barndomshem med min dotter.

– Huset ligger ett par hundra meter tillbaka på grusvägen där. Första huset på vänster sida efter den stora eken. Men du kommer för sent. Polisen har redan varit där och letat. Det var ett jävla pådrag häromkring för ett tag sedan när man kunde läsa om att han rymt från fängelset. De har finkammat hela området.

– Men det var ju för ett tag sedan. Han kidnappade min dotter igår och jag tänker att han kanske har flytt dit. Det är ju ändå ett ställe han har anknytning till här i trakterna.

– Strandmyrs bor ju inte där längre. Dessutom brann huset upp för tiotalet år sedan. Tomten köptes av en barnfamilj som bor där nu. De byggde upp ett modernt enplanshus. Garage med portöppnare, pool och larm och hela skiten. Ska det vara så svårt för folk att kliva ur bilen och öppna en garagedörr på vanligt sätt? Det har jag gjort i sextio år och det har funkat för mig. Jag behöver ingen jävla portöppnare! Fattar inte vad folk är lata nu för tiden, suckar gubben. Han lyfter upp sina grova händer framför Conny.

– Ser du de här nävarna? Med dessa har jag grävt ut hela husgrunden själv. Det tog mig ett och ett halvt år att färdigställa huset. Jag tog inte hjälp av någon, förutom el och avlopp. Det gick åt mycket blod svett och tårar innan huset stod klart, men inte fan gnällde jag för det. Frugan min såg till att jag hela tiden hade mat. Det var en tuff tid, men det var värt det, skrockar gubben och ser belåten ut.

185

Connys tålamod börjar tryta och han är inte intresserad av några historier om hur allt var tuffare förr och hur slappa dagens ungdomar är. Hans dotter är kidnappad och han behöver ha någonting att gå på. Nu. Innan allt är för sent.

– Du kan ju alltid gå dit och kolla men det finns ingen Strandmyr kvar där, det är jag säker på, säger gubben och häller över lite av det varma kokkaffet på fatet med lätt darr på händerna.

– Om jag vore du skulle jag kolla upp var föräldrarna tog vägen. Conny orkar inte berätta att Robin och Lalla redan är på det spåret. Han förstår att han inte kommer längre här utan reser sig och tackar för informationen och lämnar stugan. Kalla vindar från sjön slår emot honom när han går ut genom dörren och han drar upp jackan ända upp till halsen. Att leta efter Ulf här var ju så klart en chansning. Han hade ingen aning om att det ursprungliga huset hade brunnit ner. Men när han ändå var här tänkte han ta en sväng och kolla på det. Kanske det finns andra grannar som vet något. Nu vet han i alla fall vart själva huset som Strandmyrs bodde på finns. Han tar stigen tillbaka. Efter hundra meter ser han eken som gubben beskrev och även ett vitt hus med välskött tomt. Conny förstår att det är där som Strandmyr växte upp.

Kapitel 28

Mia fryser så hon skakar nere i källaren där Ulf håller henne fången. Elementet har inte hunnit värma upp den fuktiga luften tillräckligt ännu. Det värker i magen efter alla sticksår från Ulfs kniv. Kanske skrevs hon ut för tidigt från sjukhuset trots allt? Eller så hade det kanske fungerat alldeles utmärkt om hon bara inte hade blivit kidnappad av den man som en gång försökte mörda henne. Hon skulle behöva ett par Oxynorm nu för att lindra den värsta smärtan men de ligger i hennes handväska. Den måste Ulf ha tagit, för här i rummet finns den inte. Det molvärker och sticker med en brännande känsla i bröstet emellanåt på henne och hon grimaserar illa. Ulf var hårdhänt när han tvingade ner henne i den kalla källaren och hon känner att det inte var bra för hennes läkningsprocess. Hon saknar sin mobil och hon saknar sin tjocka vita tröja som hon fick i julklapp, men mest av allt saknar hon en stor kram av sin mamma. Väggarna i rummet hon befinner sig i är betonggrå och tråkiga. Uppe vid den lilla ventilen hänger det fullt av gammalt spindelnät och i hörnen på golvet ligger hoprullade döda små svarta insekter. Mia äcklas av det hon ser och andas intensivt. Paniken är nära. Hon behöver fly härifrån men dörren är låst och hon har ingen som helst möjlighet att försöka dyrka upp låset. Hungern börjar göra sig påmind nu men hon mår samtidigt illa. Hon går fram till elementet och kontrollerar reglagen. De är på max. Hon går och sätter sig på köksstolen igen.

Vad tänker han göra med mig egentligen? Han tänker väl inte döda mig nu, när han har bemödat sig med att frakta mig ända hit? Så många timmar i bil och sedan ha ihjäl mig, det låter inte troligt. Eller har han kört så långt för att ingen ska kunna hitta liket efter mig? Han kanske har tänkt igenom den här planen väldigt grundligt. Tänker han utnyttja mig sexuellt i flera år, som den där galningen i Österrike gjorde? Om han lyckas våldta mig så... så tar jag livet av mig!

Mia bryter ihop och börjar gråta igen. Hon sätter händerna för ansiktet medan tårarna rinner ner för hennes kalla kinder. Efter en kort stund vänder hennes förtvivlan till vrede och med full kraft slår hon knytnävarna hårt i bordet flera gånger samtidigt som hon skriker ut sin ilska. Till slut lägger hon ner ansiktet och armbågarna mot bordet och håller händerna över huvudet och fortsätter gråta. En sträng av saliv rinner ner på bordet. I flera minuter sitter hon så tills nycklar rasslar mot dörren och låset går upp. Ulf öppnar försiktigt dörren och går in. Med sig har han en plastpåse i handen.

– Vad vill du mig egentligen?! Vad har jag gjort dig, Ulf?! skriker Mia med gråt i rösten. Han ser på henne och sätter sig sakta på stolen mitt emot henne och ser nästan förvånad ut.

– Men lilla gumman, du har inte gjort något fel. Allt du gör är absolut helt rätt! Det är jag som... är annorlunda, jag är medveten om det. Mia, du är så otroligt vacker! Du är precis som en docka i ansiktet. Hela ditt sätt att röra dig, att vara, att tala, det är perfekt! utbrister Ulf och ser helt lyrisk ut när han stirrar på Mia. Hon vill helst inte möta hans intensiva blick men det är svårt. Hon har svårt att ta in vad Ulf säger och tycker att han pratar som om han levde i en helt annan värld, en verklighetsfrånvänd fantasivärld där han inte verkar veta vad som är sant och inte sant.

– Min pappa har pengar. Säg bara hur mycket du vill ha, så ordar han det. Jag lovar! snyftar Mia. Ulf ryggar tillbaka och ser förvånad ut.

– Va? Vad pratar du om? Jag vill väl inte ha några pengar, jag vill ju ha dig, Mia. Dig, bara dig! Förstår du inte? Att du och jag är här nu betyder ju en början på någonting stort. Vi ska ha en nystart, du och jag. Kan vi inte glömma gammalt groll, och bara dra ett streck över det som varit? Du och jag, vi ska ju leva tillsammans resten av livet ju. Vi ska ju bo här du och jag. Kanske inte just här i detta hus, för polisen lär komma hit och leta i dessa trakter igen, det är väl bara en tidsfråga. Men jag har redan börjat leta efter ett nytt boende till oss. Jag har inte hittat något ännu, men det kommer jag att göra. Och när vi väl flyttat dit så ska vi bo där du och jag, tills… tills döden skiljer oss åt älskling, ler Ulf och får någonting drömskt i blicken.

– Är du helt jävla galen?! Gammalt groll? Kallar det du gjorde mot mig för gammalt groll? Du försökte ju för i helvete döda mig, Ulf! Du fattar väl att jag aldrig tänker bo frivilligt ihop med dig?

Mia ställer sig upp i protest medan hon skriker åt Ulf med full kraft. Han blir tyst för ett ögonblick men ställer sig sedan upp när Mia har tystnat. Hon backar reflexmässigt tills hon går emot väggen och förstår att hon kan ha gått över gränsen för vad Ulf kan hantera. Osäker på vad hans nästa drag blir, spänner hon sig i hela kroppen och ställer sig i försvarsställning. Smärtan hon nyss kände i bröstet är borta. Kroppen är så pass fylld med adrenalin att den blockerar all hennes smärta. Till hennes förvåning säger inte Ulf någonting. I stället ser han nästan sårad ut. Huvudet och blicken sänks mot marken och med en långsam rörelse går han ut genom dörren igen och låser. Pulsen dånar i Mias öron och hon andas kraftigt. Nyss trodde hon att hon skulle bli ihjälslagen men i stället blev hon lämnad ifred. Hon fattar knappt vad som nyss hände, men hon är glad att få bli lämnad ifred igen. Kvar på källargolvet står den plastkasse som Ulf tidigare höll i handen. Mia går fram och tar upp den och ser efter vad som finns i. Där i ligger inplastade ost- och skinkmackor, en flaska Fanta, en tändare och två värmeljus samt hennes necessär.

Himla dåre! Trodde han att vi skulle ha någon slags myskväll ikväll med tända ljus? Han blev ju helt ställd när jag skällde ut honom. Som om han inte hade väntat sig någon aggression från mig. Det verkade som att han verkligen trodde jag skulle kunna förlåta honom och gå vidare. Jag undrar vad som försiggår i hans huvud. Nä förresten, jag vill inte veta. Min necessär tog han med sig till mig. Hoppas mina värktabletter ligger kvar...

Mia tar sig för magen och grimaserar. Smärtan har kommit tillbaka. Hungern som hon tidigare kände är borta men hon passar på att äta upp båda smörgåsarna snabbt, för hon tänker att det kan vara lika bra att passa på att äta nu, för hon vet aldrig när det blir tillfälle igen. I botten på necessären ligger hennes Oxynorm. Hon sköljer ner två tabletter med lite av Fantan och lutar sig sedan tillbaka mot stolsryggen. Mättnadskänslan och vetskapen om att hon återigen har tillgång till sina värktabletter gör henne lite lugnare. Pulsen går ner och andningen normaliseras.

Kapitel 29

Ulf går med tunga steg genom källarkorridoren, förbi de röda sopsäckarna som är fyllda med likdelar efter Jakob Öhmans kropp och vidare upp för trappan. Han stannar till mitt i trappan, vänder sig om och blickar ner. Sedan fortsätter han upp och skakar långsamt på huvudet.

Vad har jag gjort för fel? Vad i hela fridens namn var det nyss som hände? Jag har ju försökt förklara för henne så gott jag bara kunnat hur jag känner och vad jag har för framtidsplaner med henne, men det är som om hon inte vill lyssna på mig. Hon skrek åt mig så att spottet yrde. Jag har aldrig sett sådana tendenser hos henne förut. Vad naiv jag var som trodde att vi skulle kunna äta lite mat tillsammans och bara försöka landa i det här. På något sätt måste jag försöka bryta den här trenden så att vi kommer i fas, Mia och jag. Här har jag lite att fundera på.

Ulf går in i köket och lutar sig mot köksbänken. Länge står han så och funderar. Han börjar bli hungrig och det enda som han har är hot dogs och korvbröd. Som tur är tog han med sig en stekpanna och lite smör att steka i samt en liten colaflaska som han snott på en Konsumbutik tidigare under veckan. Han börjar bli riktigt trött på att leva det här spartanska och smutsiga livet. Allt han tar på i det här gamla huset känns smutsigt och äckligt, trots att allt borde vara rentvättat. Hans fobi för smuts och bakterier verkar bara bli värre med åren har han märkt. När han fortfarande gick på medicinering kunde han hålla de värsta känslorna i schack, men det blev mycket värre sedan han abrupt slutade med medicinen han fick i fängelset och tiden innan dess. I början svettades han mycket och darrade i händerna av den plötsliga och ofrivilliga utsättningen av sina mediciner, men det var tvunget. Om man rymmer från ett fängelse får man ta sådana konsekvenser, det var han såklart fullt medveten om. Men han visste ingenting om utsättningssymtom. Hans hjärna är i starkt behov av mediciner för att han ska kunna hålla tankarna i styr, men hur han ska kunna lösa den biten vet inte Ulf ännu. Tankarna snurrar alldeles för snabbt och han blir så trött om dagarna. Ibland kommer oron och ångesten krypande när han blir bekymrad och det enda som hjälper mot ångesten är 20 milligram Stesolid. Men bara tanken att inte ha tillgång till sina Stesolid gör honom nervös och situationen börjar snart bli ohållbar. Efter att ha stekt på tre korvar i stekpannan, sätter han sig på köksgolvet och äter dem med plastgaffel. Med magen full av mat dämpar lite av den oro han nyss känt av, men tankarna snurrar fortfarande alldeles för fort. Här inne i ett okänt och smutsigt hus känner han sig vilsen och osäker. Han trivs som bäst med fasta rutiner i ett kliniskt rent hem och detta är långt ifrån det. Dessutom är hans älskade Mia oigenkännlig. Inte alls som den mjuka och glada Mia han lärde känna på gymnasiet i Västervik. Med pannan i djupa veck funderar han på hur han ska kunna lösa alla bekymmer han har. Ulf rycker till när det plötsligt knackar på dörren. Utanför står Conny Lennersjö.

Kapitel 30

Mot alla odds verkar Mias pappa ha hittat gömstället där de nu befinner sig på. Deras blickar möts och Ulf fryser till is.

Det är ju Mias pappa! Hur i helvete hittade han mig? Skit samma, nu är han här och han står och stirrar på mig på ett konstigt sätt. Han ser mig, men varför gör han ingenting? Han borde slå in dörren och försöka slå ihjäl mig. Känner han inte igen mig? Såklart han inte gör. Jag känner igen honom, men han känner inte igen mitt utseende nu när jag har rakat av mig håret och ändrat ögonbrynen. Och den Ulf Strandmyr som han känner hade heller ingen ring i örat, som jag har nu. Men vad vill han, om han nu inte vet vem jag är? Ska jag öppna?

För några minuter sedan hade Conny knackat på i det hus som Ulf växte upp i. Det visade sig att det inte var någon hemma i huset. I stället såg han ett hus som verkade vara till salu, blev nyfiken och gick på vinst och förlust in på tomten för att snoka. När han mot all förmodan såg att någon befann sig i det tomma huset, bestämde han sig för att knacka på.

Conny knackar igen på dörren och vinkar. Ulf går fram och öppnar dörren. Spänd på vad som nu kommer att hända håller han sig passiv.

– Hej, hej, Conny heter jag. Det är inte meningen att störa men det är så att jag letar efter min dotter. Bor du här? Jag såg till salu-skylten ute vid tomtgränsen och blev så förvånad när jag såg att det var någon i huset. Jag tänkte bara fråga om du sett eller hört någonting här i området. Någonting som kanske verkar skumt eller onormalt, fortsätter Conny.

Han känner inte igen mig. Jag spelar med en stund så får vi se vad det leder till.

– Jag bor inte här. Inte än i alla fall, men jag är spekulant på huset, säger Ulf med skånsk brytning.

– Aha, på så vis. Men, det luktar matos. Lagar du mat här?

– Eh, jag har kommit överens med mäklarna att jag får vara här ett par dagar. Jag bor ju annars utanför Lund, så det blir ju så långt att åka bara för att titta på ett hus. Men kom in, inte behöver du stå ute i kylan. Det är ju ett riktigt ruskväder idag, flinar Ulf och försöker göra sig så trevlig som möjligt. Conny har ingenting emot att komma in och värma sig en liten stund, men märker snabbt att det inte är mycket varmare inne i huset än utanför. De kliver in i köket och blir ståendes där. En pinsam tystnad råder.

– Jo, som sagt. Jag letar efter min dotter och jag har fått för mig att han som kidnappat henne möjligtvis håller henne gömd här i krokarna, säger Conny och ser sig omkring i det tomma köket.

– Jaså, näe jag har inte sett till någonting avvikande. Vem är det som har kidnappat henne då, undrar Ulf.

– Han heter Ulf Strandmyr och är en grabb i 25-årsåldern. Han har kort, välkammat hår och är i din längd. Typ samma näsa med, säger Conny, som ännu inte fattar vem han har en och en halv meter ifrån sig.

– Jaså på så vis. Vad otäckt. Men om jag får ditt telefonnummer så kan jag ju ringa om jag skulle märka någonting här i krokarna?

– Det vore jättesnällt, har du något att skriva på? undrar Conny.

– Nja, jag har min mobil i bilen är jag rädd. Men det kan finnas något block här i någon kökslåda. Undra om jag inte såg något här förut idag, ljuger Ulf. Han går bort till ena kökslådan och låtsas leta.

Varför skulle jag säga att jag ville ha hans mobilnummer? Det var väl onödigt, jag kunde ju bara sagt att jag inte hade sett något, så hade han ju gått i väg igen.

Plötsligt stelnar Ulf till i hela kroppen.

Fan! Mias skor står i hallen. Conny såg aldrig dem när han kom in, men han lär se dem när han går ut. Så klart att han lär märka att det står ett par tjejskor vid dörren och är han riktigt uppmärksam, vilket han lär vara nu när han letar spår efter sin dotter, så lär han se att det är Mias skor. Helvete också!

Bakom sig hör han hur Conny står och hummar för sig själv, som han ofta brukar göra. Plötsligt tystnar han tvärt. Ulf förstår att han har fått syn på skorna. Ulf kastar sig fram mot spisen och får tag på stekpannan. Conny är sen på att reagera, men tar ett par steg mot Ulf, sträcker sig för att grabba tag i honom men missar. I stället snubblar han till och tar emot sig med händerna på diskbänken.

– Din jävel! skriker Conny och anfaller Ulf på nytt. Innan Conny vet ordet om, träffar stekpannan honom med ett hårt slag rakt i pannan. Han vinglar till och skriker. Stekpannan är av teflon och gör ingen annan skada än att det får Conny ur balans för ett kort ögonblick. Ulf hinner slå ett slag till. Denna gång träffar slaget i bakhuvudet fast ännu hårdare. Conny faller handlöst till marken och skriker av smärta. Med båda händerna fattar Ulf tag i stekpannan och slår allt vad han orkar ännu en gång i huvudet på Conny, som inte reagerar på slaget. Han är däckad. Blod rinner från huvudet och ner på golvet. Ulf segnar ner på golvet och flåsar kraftigt. Han ser på undersidan av stekpannan. Den är blodig och tillbucklad. Han böjer sig fram och lägger örat mot Connys mun och hör att han fortfarande andas. Han har inte bestämt sig för om detta är bra eller dåligt ännu. Connys mobil har ramlat ur jackfickan och ligger på golvet bredvid honom. Ulf tar upp den och försöker låsa upp skärmen. Den är skyddad med mönsterlås, där man måste dra rätt mönster mellan nio olika prickar för att låsa upp. Han testar med det vanligaste mönstret, ett "L". Det fungerar inte. På tredje försöket ritar han som ett vänstervänt "U" som kan liknas vid ett "C" som i "Conny." Det fungerar och mobilens skärm låses upp. Han vet inte ännu hur han ska kunna dra nytta av att kunna komma åt hans mobil, men ser att det finns nya olästa sms i inkorgen. Ett från Ritva och två ifrån Robin. Ulf öppnar det som är från Ritva, men det står bara något om att hon undrar hur det går för honom. Ulf väljer att svara kort **"Bra"** och trycker på sänd-knappen. När han läser sms:et från Robin hajar han till och sätter sig upp. **"Vi har kollat i lägenheterna bredvid Lennart Strandmyr, ingen har någon info. Hur går det för dig? Ska vi komma bort till dig?"**

Är Mias bror här i trakterna med? Fan också, de söker information om vad jag kan tänkas gömma mig. Men hos styvfarsans gamla lägenhet lär de kamma noll. Han hade ingen kontakt med grannarna vad jag vet. Han hejade ju inte ens på dem om han mötte dem i trappuppgången, gringubben. Men vad

ska jag skriva för att inte Robin ska komma hit? Jag måste vara
smart nu.

Ulf skickar i väg följande sms till Robin.

"Hej! Jag har inga nyheter än. Du behöver inte komma
hit än. Om Du kunde försöka fråga andra grannar i
porten bredvid så vore det bra. Du behöver inte komma
hit, det finns ingenting här som tyder på att Ulf är i
området. Jag kommer in till Dig i Ånge lite senare.
/pappa"

Så där, det sms:et borde vinna mig lite extra tid här. Åtminstone
tillräckligt med tid för att fundera ut hur jag ska göra med Conny
och sedan hur jag ska ta hand om Robin när han dyker upp.
Grabben är stark, det kommer jag ihåg. Jag måste lyckas med
något slags överraskningsmoment om jag ska klara av att besegra
honom i slagsmål. Annars är det kört för mig.

Ulf tar tag i armarna på Conny och drar honom ut från
köket och ner för källartrappan. På vägen ner stönar Conny
till ett par gånger men blir sedan tyst igen. Det har blivit en
rejäl svullnad i huvudet där Ulf slog honom. Den slappa
kroppen är tung och Ulf får kämpa för att släpa bort honom
till rummet där Mia befinner sig. Han vet att det är en risk
att öppna dörren och försöka släpa in Connys kropp in till
Mia, men han räknar med att hon ska bli så pass förvånad
över att se sin pappa att hon inte gör några försök att fly.

När Ulf låser upp dörren och öppnar, försöker han dra in
Conny så fort som möjligt så att han snabbt kan låsa igen.
När Mia ser vem det är som Ulf släpar in rusar hon
instinktivt fram till sin pappa och sätter sig på huk bredvid
honom.

– Pappa! Herregud, vad är det som har hänt?!

– Jag hittade honom skadad utanför huset, ljuger Ulf i hopp om att Mia åtminstone ska bli lite osäker på vem som har gjort hennes pappa illa.

– Han lever men är avsvimmad och har fått ett hårt slag i huvudet. Kanske det var de där ungdomarna jag såg utanför tidigare idag. Jag känner igen dem, de är kriminella bråkstakar från Ånge. Försök att plåstra om honom och torka rent såret så ska jag åka och köpa bandage och plåster. Var inte orolig Mia, jag ska hjälpa din pappa. Jag är snart tillbaka, säger Ulf och stänger snabbt dörren igen.

Fan också, bara bekymmer. Men om jag kan få Mia att tro att jag är snäll som skaffar plåster åt hennes farsa så kanske jag kan vinna tillbaka några pluspoäng. Att ta taxibilen in till stan är otänkbart. Det är för riskabelt. Jag har nog varit alldeles för oförsiktig. Den tar jag bara när Mia och jag åker i väg härifrån när allt har lugnat ner sig lite. Men det borde finnas en förstahjälpen-låda ute i bilen. Jag går dit och kollar.

Det plingar till i Connys mobil som Ulf håller i handen. Det är från Ritva. **"Polisen har hittat gömstället som Strandmyr befann sig på här i Västervik. Han höll till i en lokal på gymnasiet. Fy, vad otäckt! Var försiktiga! Kram Ritva"**

Jaja, strunt samma. Jag har inte tänkt att åka tillbaka dit ändå och där finns det inga spår som leder mig hit.

Ur handskfacket på taxin tar Ulf fram en liten förbandslåda och går snabbt tillbaka in i huset igen. Han ser sig om när han går. Området verkar fortfarande vara tomt på folk. Nere i källaren har Conny vaknat. Han ligger kvar på golvet. Mia har lagt en kudde under huvudet och över kroppen har hon lagt en filt. Hon vill inte att han ska röra sig ännu då han säger att han är yr och känner sig väldigt svag. De hör Ulfs fotsteg i trappan.

– Shh, var tyst nu pappa. Låtsas som om du fortfarande är avsvimmad, viskar Mia som sitter på golvet vid hans sida. Conny blundar och ligger så stilla han kan. Men han är beredd på att göra motstånd om han märker att Strandmyr tänker göra Mia illa. Conny kommer att tänka på sin lilla fickkniv som han har i fickan. Möjligtvis skulle han hinna ta fram och fälla upp den om Strandmyr blir hotfull mot Mia. En nyckelknippa rasslar och Ulf öppnar försiktigt dörren. Han tittar in i rummet och konstaterar att Conny fortfarande verkar ligga avsvimmad på golvet. Mia sitter bredvid och stirrar på honom utan att säga något.

– Här! I lådan borde det finnas både rengöringsservetter, förband och plåster. Tvätta såret så gott du kan. Jag måste sticka i väg några timmar, maten är slut. Vi ses senare, säger Ulf. Mia svarar inte utan plockar upp förbandslådan från golvet. Ulf funderar på om han ska säga någonting mer, men väljer att gå ut och stänga dörren. Mia sitter tyst ett tag för att höra att Ulf verkligen lämnar källaren. Så fort hon hör stegen i trappan, tar hon fram rengörings-servetterna.

– Han har gått nu. Jag måste tvätta rent ditt sår innan jag kan plåstra om dig. Du behöver sys egentligen.

Conny stönar av smärta när Mia så försiktigt hon kan tvättar rent det fula såret. Han försöker resa sig men Mia håller emot.

– Du måste ligga still lite till. Jag förstår att du har ont. Du ska få en värktablett som jag har. Den kommer att hjälpa dig inom en halvtimme, jag lovar. De är effektiva.

– Jag har nog fått en hjärnskakning. Fy fan vad det dunkar i huvudet. Jag mår illa, känns som jag måste spy snart…

Tur ändå att stekpannan inte var av gjutjärn, då hade jag varit död nu… Lilla gumman, jag hittade dig! Älskling, vad glad jag är att jag hittade dig. Vi måste ringa Robin och vi måste ringa polisen, säger han och famlar efter sin mobil men hittar den inte.

– Fan, Strandmyr måste ha tagit min mobil! Robin och Lalla är i Ånge och letar efter dig.

– Är de också här? Herregud!

– Det borde bara vara en tidsfråga innan de försöker leta efter mig, i och med att jag inte svarar när de försöker ringa mig. Vi måste försöka ta oss ut härifrån, Mia!

– Du måste ligga still, pappa! Det är farligt att anstränga sig nu, snyftar Mia och stryker honom på kinden.

– Jag kan inte bara ligga stilla här. Vi måste passa på medan Ulf är i väg. Du hörde ju att han skulle åka i väg en stund.

– Dörren är ju låst och det finns inga källarfönster att ta sig ut genom. Vi är fast här. Dessutom är du för svag för att försöka sparka upp dörren. Inte ens utan hjärnskakning hade du klarat att få upp dörren. Det tror jag inte i alla fall, säger Mia. De hör hur ytterdörren slår igen där uppe och de förstår att Strandmyr har gett sig av.

– Jag har en liten kniv i fickan. Det är en sådan där schweizisk armékniv. På den finns det som en liten skruvmejsel. Kolla om du kan använda den till den lilla plåten som sitter runt dörrhandtaget, det borde gå säger Conny och räcker över kniven till Mia.

– Jag testar. Fryser du? Vill du ha min tröja? undrar hon och flyttar konvektorelementet närmare Conny så långt sladden räcker.

– Nejdå det är ingen fara, ler Conny. Men innerst inne gör det iskalla betonggolvet att hans kropp börjar bli ganska nedkyld.

– Men ska jag hämta madrassen så du kan ligga på den? undrar hon.

– Nejdå, försök skruva upp dörrhandtaget i stället. Vi måste skynda oss. Det här kan vara vår enda chans att fly. Conny försöker sig på ett leende mot Mia för att försöka lugna henne. Illamåendet tilltar alltmer, även yrseln. Han försöker lugna sig själv med hjälp av djupa, lugna andetag och det verkar fungera en aning. Illamåendet ger med sig efter några minuter. Medan han ligger där på golvet försöker han erinra sig om han någon gång har läst om hjärnskakning, huruvida det är farligt eller inte att anstränga sig. Han tror inte han kan dö. Att man inte får somna, det har han läst om. Med ena handen känner han på huvudet. Svullnaden är stor som en halv tennisboll nu. När han tittar på Mia så ser han dubbelt men förstår att det borde bli bättre om han bara får vila några timmar. Det värsta är att de nog inte har några timmar på sig innan Strandmyr är tillbaka, tänker han. De måste därifrån så snabbt som bara möjligt. Han hör hur Mia svär tyst för sig själv medan hon försöker lossa på skruvarna.

– Vänta så ska jag hjälpa dig, säger Conny och tar stöd med armbågarna för att försöka resa sig. Hela rummet snurrar och han halkar bakåt med armarna och hamnar på golvet igen. Som tur var är det bara ett par decimeter som huvudet faller handlöst ner i den mjuka kudden.

– Men pappa! Ligg still, jag ska klara det här!

– Skruvar du åt rätt håll? undrar han och försöker fästa blicken på henne.

– Jag tror det?

Conny suckar djupt men säger ingenting.

– Hjälp mig upp så ska jag skruva, säger han och gör ett nytt försök att resa sig upp. Mia trycker försiktigt i ryggen tills han sitter rakt upp på golvet.

– Hur mår du nu? undrar hon oroligt.

– Jag tror din värktablett har börjat verka en smula. Men synen är konstig och jag känner mig svag i benen, men det är ingenting vi hinner tänka på nu. Ge mig kniven så testar jag.

De gamla skruvarna i dörren har börjat rosta och de sitter hårt. Conny trycker hårt med kniven mot dörren och vrider men inget händer. Det går över fyrtio minuter innan alla fyra skruvarna äntligen är borta och Conny börjar bli orolig att Ulf kan komma tillbaka vilken stund som helst.

Kapitel 31

Det tar Conny ytterligare en halvtimme innan han lyckas knacka bort låskolven från dörren. Han trycker försiktigt på dörren och den öppnar sig utan problem. Mia får ett glädjerus mitt i allt elände och kramar om sin pappa. Men lyckan blir kortvarig när Conny plötsligt segnar ner på golvet igen. Mia hinner fånga upp honom och lägger honom försiktigt på golvet med kudden som stöd för huvudet.

– Pappa? Pappa! Är du okej? Hur mår du? ropar hon oroligt och slår honom lätt på kinderna. Hans läppar är bleka och ögonen rullar upp så att bara ögonvitorna syns.

– Vakna pappa! Du får inte somna nu!

Hon slår honom ytterligare några gånger på kinden, kanske lite för hårt. Conny tycks vakna till liv och sluddrar något ohörbart.

– Pappa, du lyckades! Nu måste vi ta oss härifrån innan Ulf kommer tillbaka. Det måste ha gått en timme sedan han åkte. Snälla pappa, du måste försöka resa på dig! snyftar Mia, men hon förstår att det är lönlöst. Conny lyfter sin hand och söker Mias. Han öppnar munnen för att försöka säga något och Mia böjer sig ner för att höra hans viskningar.

– Mia, jag kan inte ta mig någonstans. Du måste fixa det här själv. Försök ta dig ut ur huset och spring det snabbaste du kan och hämta hjälp. Det är inte många som är bofasta här på området, men det finns en gubbe som jag pratade med tidigare idag. Han bor bara ett par hundra meter längre ner på vägen. Tomten ligger mot sjön. Han har säkert telefon. Ring först polisen och sedan Robin, sluddrar Conny.

– Nej pappa, jag vill inte lämna dig!

– Du måste det. Skynda dig nu innan han kommer tillbaka!

– Jag lovar att skynda mig. Försök bara vila nu. Men somna inte vad du än gör, pappa! snyftar Mia.

– Jag ska inte. Gå nu!

Gråtandes lämnar Mia det otäcka källarutrymmet och tar sig så snabbt hon kan till trappan. Även hon har ont och varje steg känns när hon tar sig fram. I trappan är hon tvungen att gå ett steg i taget och hasa upp det andra benet till samma steg, annars gör det för ont. Den fräna doften av Klorin sticker i näsan på henne. Det hugger till i magen och hon är tvungen att pausa. Någonting inuti hennes kropp känns konstigt och hon misstänker att hon har fått en inre blödning. Hon vet att hon har rört sig alldeles för mycket men hon har inget annat val just nu än att fortsätta upp för trappan. Tårarna rinner ner för kinderna medan hon försöker ta ett par steg till innan hon tar nästa paus. Det är inte många steg kvar nu. Mia tänker att om hon bara kommer upp för trappan så borde det gå snabbare att förflytta sig när det är plant underlag. Tre steg kvar nu och det bränner i magen och hon är helt säker på att någonting har gått sönder inuti hennes kropp.

När hon är på sista trappsteget hör hon hur ytterdörren öppnas och sekunden senare ser hon hur Ulf står och stirrar på henne med stora uppspärrade ögon. I handen har han två plastkassar. Han släpper dem hastigt på golvet. Det låter som en glasburk går sönder.

– Hur fan kom du ut?

Mia gråter och sätter upp ena handen i försvar.

– Gör inget dumt nu, Ulf! Jag ber dig, snälla!

– Jag som trodde jag kunde lita på dig. Din… din lilla hora! Är det så här du tackar mig? Efter allt jag försöker göra för oss? Du… du försöker smita härifrån? Hur fan kan du? Fattar du inte vad jag försöker göra för oss? Jag ska ju rädda dig från alla jävla dårar som finns här i världen, jag ska ju skydda dig! Vi ska ju bilda familj och bli gamla tillsammans du och jag! Jag trodde du hade ändrat dig, Mia. Du… du har ju förstört allt! skriker Ulf. Han tar sig i pannan och börjar andas häftigt. Mia står som förstenad kvar i trappan och vet inte vad hon ska göra. Ulf lutar sig mot hallväggen och glider sakta ner till sittande ställning. Det ser ut som om luften har gått ur honom fullständigt. I hans sjuka hjärna fanns det inte på kartan att Mia skulle försöka fly. Tvärtom trodde han att hon skulle börja mjukna inom kort och börja uppskatta honom i stället. Försiktigt ser Mia på Ulf för att se vad han tänker göra. Hans ögon går från att vara helt tomma till att fullkomligt blixtra och Mia fasar för vad som kommer hända härnäst.

– Jag…jag måste slutföra det jag misslyckades med på gymnasiet. Mia, du kan inte vara den rätta för mig, det har du återigen bevisat. Jag vet nu vad jag måste göra. Jag måste hitta en annan Mia. Ja, så måste det bli…

Ulf vänder sig om och går hastigt bort mot en av kökslådorna och sliter fram en lång kökskniv. Mia skriker när hon ser vad som väntar henne. Ulf går sakta emot henne med kniven i handen. Det är inte bara ögonen som ser annorlunda ut, hela hans ansiktsuttryck har förändrats. Han dreglar och mumlar någonting för sig själv medan han närmar sig. Mia skriker allt hon kan och försöker backa tillbaka ner i källaren, men det bränner så fruktansvärt i bröstet att hon inte kan röra sig.

– Dö din satans avkomma! Dö ditt falska luder! skriker Ulf samtidigt som han höjer kökskniven och håller den med båda händerna över huvudet.

En hög smäll hörs. Ytterdörren far upp med ett brak och allt går sedan väldigt fort. Mia hinner se hur Robin kastar sig över Ulf och båda faller till golvet in mot det tomma ekande vardagsrumsgolvet. Båda rullar runt i en vansinnig strid där båda slår varandra i ansiktet. Någonstans emellan dem finns kniven, men Mia ser inte vem av dem som håller i den. Det skymtar till ännu en gång bredvid Mia, som rycker till. Det är Lalla som störtar in flämtandes. Han reflekterar att Mia står upp och fortfarande är vid liv. Det är prio ett. Han släpper blicken på henne och försöker ge sig in i kampen mot Ulf, men de rör sig hela tiden runt och Lalla vet inte hur han ska göra. Mia skriker av rädsla när hon ser hur Ulf pucklar på hennes bror. Men Robin får in en dansk skalle som får Ulf att tappa fokus för ett ögonblick. Robin får tag på kniven. De rullar ytterligare ett par varv fram och tillbaka innan ett högt skrik hörs. De båda kämparna slutar med ens att röra sig. En av dem har fått en kniv i sig. Ulf ligger över Robin på golvet och Lalla ser sin chans. Han springer fram och tar en armkrok runt Ulfs hals och sliter bort honom från Robin. Då som först ser både Mia och Lalla att det är Ulf som har fått kniven djupt in i sin buk. Lalla släpper taget och backar undan. Ulf kravlar sig upp på knä och ser bort mot Mia som står kvar borta vid trappan. Mörkt blod sipprar ut från munnen och näsbenet är knäckt. Det vänstra ögat är nästan helt igenmurat av Robins slag. Han försöker resa sig, men klarar inte det. Robin kommer snabbt upp på fötter men flåsar kraftigt av den hårda kampen. Även han blöder från ansiktet. Det blir en konstig spänning i rummet där endast Robins snabba andning och ett pipande ljud från Ulf hörs, som försöker andas med blodfyllda lungor. Han stirrar med vädjande ögon på Mia och spottar ut blod på golvet.

– S… snälla Mia! Det var aldrig meningen att det skulle bli så här.

Ulf hostar upp mer blod och reser sig sakta upp. Den stora köksknen sitter en decimeter in strax under bröstbenet.

– Mia, snälla, kan du inte förlåta mig? vädjar han medan han tar ett par stapplande steg framåt mot henne.

– Stanna Ulf! Jag varnar dig! skriker Lalla. Men Ulf gör ingen notis om honom utan tar ett par steg till.

– Snälla Mia, min älskling, hjälp mig…, bönar Ulf. Mer blod rinner längs ansiktet och ner på hans tröja.

På en tiondels sekund ändrar Ulf hela sin vädjande blick ännu en gång och får något hatiskt i sig. Likt en vildkatt vrålar han medan han får oanade krafter och slänger sig fram mot Mia. Men Lalla är med på noterna och slänger sig fram och trycker in kniven ännu djupare i Ulfs kropp. Med en duns faller han ner till golvet och drar en djup suck medan en blodpöl snabbt flyter ut på golvet under honom. Både Robin, Lalla och Mia kan höra hur Ulf först drar flera hastiga andetag, sedan ett djupt långt och därefter en lång utandning. Sedan blir han helt tyst, och de förstår att Ulf Strandmyr är död.

Tjugofem minuter senare står Robin och Lalla i köket. Två polisbilar står parkerade inne på tomten. Ambulanspersonal har lagt en varsin värmande filt på deras axlar. Mia sitter på golvet. En sköterska håller på att kontrollera hennes blodtryck. Ungdomarna tittar oroligt på medan två av ambulanssjukvårdarna bär upp Conny för trappan. Han ligger på en bår och har en filt över sig. Hans ögon är halvt öppna men när han ser sina barn lyfter han armen och gör en tumme upp. Robin ber att få följa med i den ambulans som ska ta Conny till sjukhuset. En sköterska fäster en blodtrycksmanschett på hans arm.

– Hur går det med dig, farsan? säger Robin och lägger sin hand på Connys arm.

– Jodå, jag lever. Tror jag. Jag har jävligt ont så det borde väl innebära att jag fortfarande lever? svarar han och får till ett litet leende.

– Är Mia okej? Hon såg blek ut när hon satt på golvet i köket, säger han.

– Jag tror det. Det verkar som hon har fått inre blödningar på grund av överansträngning. Jag hörde en sjukvårdare som sa något om att hon behövde tömmas på blod, men att läget inte var kritiskt även om det var allvarligt.

– Bra, bra… Du Robin. Det är en sak jag inte fattar.

– Vaddå?

– Hur kommer det sig att du och Lalla åkte efter mig och hur i all världen visste ni att jag och Mia befann oss i just detta hus?

– Det kan du tacka Lalla för. Jag fick ett sms av dig som jag visade för Lalla. Jag tänkte inte på hur du hade skrivit, men han tyckte du skrev så konstigt.

– Vad menar du?

– Jo, i sms:et så hade du skrivit "du" med stort D. Så brukar man ju skriva om man är artig men inte till sin son, fortsätter Robin och tar fram sms:et han menar.

– Så här stod det: **"Hej! Jag har inga nyheter än. Du behöver inte komma hit än. Om Du kunde försöka fråga andra grannar i porten bredvid så vore det bra. Du behöver inte komma hit, det finns ingenting här som tyder på att Ulf är i området. Jag kommer in till Dig i Ånge lite senare. /pappa"**

– Dessutom, varför skulle du skriva "du" när du visste att Lalla var med? Du borde ju skriva "ni" i stället men det gjorde du inte. Så Lalla fick en idé om att någon annan skrev sms:et åt dig, typ Ulf då alltså.

– Aha, smart tänkt. Men hur hittade ni huset då?

– Visserligen hade vi ju en adress till Strandmyrs gamla hus, men inte till detta hus. Men kommer du inte ihåg vad vi gjorde för ett par år sedan, när jag och Mia började gå ut på discon hemma i Västervik? Du och mamma fick oss att gå med på att installera appen Find my kids. Den appen du vet där man kan spåra via GPS vad sitt barn befinner sig? Jag och Mia protesterade lite vill jag minnas, men gick med på det om ni installerade samma app, så att vi kunde se vart ni befinner er, flinar Robin.

– Ni är ju briljanta! Jag vill inte tänka på vad som hänt om inte Lalla hade reagerat på sms:et och om du inte hade installerat den där appen, säger Conny med svag röst och blir tårögd.

– Du farsan, nu ser vi framåt. Strandmyr är död och allt kan bara bli bättre nu. Du och Mia ska få vila upp er några dagar på sjukhuset, sedan åker vi hem till mamma.

– Ja, sedan åker vi hem. Jag behöver komma hem, tända en brasa nere i gillestugan, hälla upp ett glas dyr konjak och lyssna på lite favoritmusik. Tänk att bara få luta sig tillbaka i fåtöljen och koppla av...

– Du tänker väl möjligtvis inte på "Vid en liten fiskehamn" med Stefan Borsch? flinar Robin och Conny nickar med ett stort leende.

– Du har så jäkla dålig musiksmak, farsan!

Kapitel 32

Tre veckor senare

Det har hunnit bli slutet av november och den första snön har redan fallit uppe i Ånge. Robin har parkerat bilen utanför Ånge Kyrka. Redan i bilen på väg hem till Västervik strax efter de tragiska händelserna han och delar av hans familj var med om, lovade han sig själv att aldrig någonsin återvända till denna stad. Det tog bara tre veckor innan han bröt det löftet. Men han gjorde det för Mias skull. Han sneglar på sin syster som sitter i passagerarsätet. Hon är klädd i svart. Inte för att hon sörjer Ulf Strandmyrs död, utan på grund av praxis vid begravningar. Håret är stramt uppsatt i en knut i nacken. Hon är endast lätt sminkad och naglarna är som vanligt prydligt rödmålade. Han själv bär på en svart kostym och svarta, blanka skor som han lånade av Conny.

– Är du säker på att du vill göra det här nu? undrar Robin. Mia nickar lätt.

– Ja det är jag. Jag vill ha ett ordentligt avslut. Jag vill med egna ögon se att han kommer ner i jorden så att jag kan sova gott om nätterna. Jag behöver se gravstenen med hans namn på, säger Mia dämpat.

Bakom dem parkerar en bil Aftonbladets logotyp skrivet på hela sidan. De är inte de enda nyhetsbevakarna som tänker vara med när Västervikspsykopaten Ulf Strandmyr begravs. Några fotografer står lite längre bort på parkeringen och fotar i riktning mot ingången till kyrkan. Kyrkklockorna börjar ringa och Robin tittar på klockan. Hon är fem minuter i tre på eftermiddagen och det är dags att gå in. Mia stelnar till när hon kliver in i kyrkan och ser kistan längst fram i altargången. Några fotografer sitter i de bakre bänkarna i den lilla kyrkan. Längst fram sitter en kvinna i rullstol och bredvid henne några äldre personer. Mia förstår att det måste vara Ulfs mamma i rullstolen och de andra förmodligen är släktingar. Utöver dessa är det inga fler som vill ta ett sista farväl av Ulf.

När ceremonin är avklarad bär kistbärarna ut kistan till gravplatsen. Prästen säger några ord, kistbärarna sänker ner kistan och bugar sedan sedvanligt och lämnar därefter platsen. Både Robin och Mia hade förväntat sig att mamman och släktingarna skulle komma fram och säga något, men ingen av dem gjorde det. Bara korta blickar. De förstod vem hon och Robin var och vice versa. Men det gjorde ingenting för Mia, hon hade ändå inte vetat vad hon skulle säga. Hon har ingenting att säga dem och hon vill inte ens höra hur deras röster låter. Hon vill bara kunna släppa allting som har med Ulf Strandmyr att göra.

Snart har alla andra lämnat graven utom Mia. Hon står kvar och tittar ner i den. Hon sätter sig på huk och det stramar om ärren hon har på magen. Med sin ena hand drar hon fingrarna över ärren medan hon stirrar ner i det djupa hålet där Ulf ligger begravd. Efter att ha suttit och tittat ner en stund, reser hon sig mödosamt upp, harklar sig och spottar ner i graven och går sedan bort till bilen där Robin väntar.

Det har hunnit bli mörkt ute, men Mia är inte mörkrädd. Hon ser inte mörkret på samma sätt som tidigare. I stället ser hon alla de ljuspunkter som lyser i mörkret. Inte heller är hon rädd längre. Den person hon har fruktat mest av alla är död och hon ser fram emot en framtid utan rädsla.

Först tänker hon låta alla sår i kroppen få läka ut i lugn och ro, sedan får det själsliga ta den tid det behöver. Mardrömmarna kommer försvinna så småningom, det vet hon, men när det är klart så ska hon äntligen fortsätta sitt liv hemma i Västervik.